U0754658

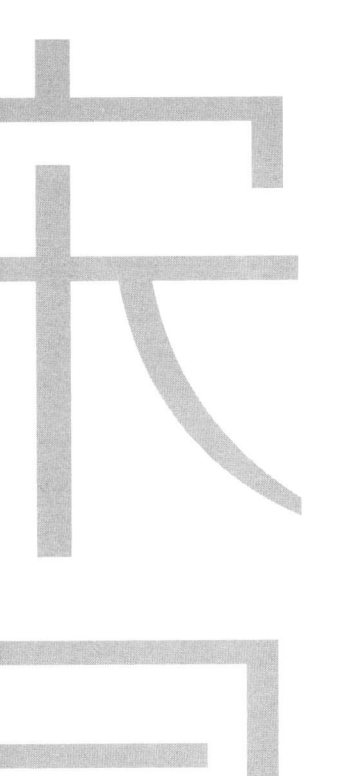

跟着宋词
去旅行

乔小主 著

北方联合出版传媒(集团)股份有限公司

万卷出版公司

© 乔小主 2020

图书在版编目（CIP）数据

跟着宋词去旅行 / 乔小主著. — 沈阳：万卷出版
公司，2020.4
ISBN 978-7-5470-5325-6

Ⅰ．①跟… Ⅱ．①乔… Ⅲ．①宋词—诗歌欣赏 Ⅳ.
①I207.23

中国版本图书馆CIP数据核字（2020）第034174号

出 品 人：刘一秀
出版发行：北方联合出版传媒（集团）股份有限公司
　　　　　万卷出版公司
　　　　　（地址：沈阳市和平区十一纬路25号　邮编：110003）
印 刷 者：辽宁新华印务有限公司
经 销 者：全国新华书店
幅面尺寸：145mm×210mm
字　　数：215千字
印　　张：8.25
出版时间：2020年4月第1版
印刷时间：2020年4月第1次印刷
责任编辑：朱婷婷
责任校对：高　辉
版式设计：张　莹
ISBN 978-7-5470-5325-6
定　　价：39.80元
联系电话：024-23284090
传　　真：024-23284448

目录

序　言

邂逅宋词，是人生一次最奇妙的旅途。翻开它，你会发现世界原来有这么多不同的样子，有这么多不同的情绪。人常说，读万卷书，行万里路，是成长最有效的方法。带着宋词踏上旅途，你会发现一个崭新的天地。

从此，一朵小花也能打动你的心，一座古城就能让你落泪，所有的风花雪月存在你的心里，目之所及皆是诗情画意。

千百年前的文字，伴随人们一路走来，用文人的视角游览一座城、一座山、一条河，再看春花秋月，已是百般柔情。也许，词中出现的事物早已物是人非，当我们再去寻找，已经难见踪迹，但那份情怀会一直存在，融入山川河流，融化在每一寸土地。

经典的宋词，是一个时代的缩影，它不会因年代久远而落上灰尘，只会如璀璨的明珠，照亮心灵昏暗的角落。物转星移，时代变迁，历史无论发生过什么，都已经一去不返，时间正在侵蚀着一切，但这些文学遗产如天上的那轮明月，会永恒存在。

或悲壮豪迈，或温婉缠绵的词句，带给我们一个遥远的真实年代，让我们有机会感受这份文字的力量，风也多情，雨也多情，当手指轻轻抚摸过那古老的城墙，那份真切来自千百年前的文明，带着历史前行，方能不忘初心。

第一章

齐鲁大地

济南·常记溪亭日暮

　　宋代有几位著名的女词人，在"女子无才便是德"的古代，她们的作品犹如水塘中的莲花，给人耳目一新的感觉。李清照是其中极为出色的一位，她的《如梦令》寥寥数语，似随性而言，却意味深远，经久流传于后世。

　　李清照是婉约派的词人，号易安居士，被称为"千古第一才女"，是齐州济南（今山东济南章丘区）人。早期生活优裕，其夫赵明诚为金石考据家，二人共同致力于书画金石的搜集，过着泼茶赌书、无忧无虑的生活。所以李清照早期的词总是轻松愉悦，情趣盎然。后金兵进入中原，赵明诚病死。从此李清照的词多感叹遭遇，悲伤落寞。

　　《如梦令》是她二十岁之前的作品。她从小生活在济南，宋代时这里十分繁华，李清照也有许多难忘的经历。忆往昔，曾经多少日子伴随着欢乐，多少日子瞒不住忧伤，那些回忆都是时间的见证，让人回想当初时，眉间舒展，嘴角微笑。

　　常记溪亭日暮，沉醉不知归路。

　　兴尽晚回舟，误入藕花深处。

争渡，争渡，惊起一滩鸥鹭。

李清照的词总是惜字如金，没有多言，却有着豪杰般的洒脱，也有女性独有的温婉感触。她用寥寥数字，就将早期的一段趣事生动、鲜活地记录下来，让这段回忆永远留存。

曾经年少的她，一次到小溪边上的亭子游玩，湖光山色，相映成趣，让少女流连忘返，不忍离去，一直逗留到日暮时分，才决定返回。白日里应着良辰美景，少女举杯小酌，怎料一晌贪欢，竟有了醉意，还忘记了回去的路。

夕阳的光辉映照在湖面之上，少女乘着舟慢慢行在水面上，微风拂面，酒意微醺，一不小心迷了路走进了藕花池的深处，藕花在小舟的两侧丛丛簇簇，因此船行越来越慢，在藕花丛中越行越深。

李清照想办法要将"困住"的小舟划出去，却未想船桨翻动溪水的声音，惊醒了栖息在水中的鸥鹭，这首词也在白色鸥鹭的身影中结束，留给人们无限想象。

诗人词人总是喜欢面对良辰美景产生慨叹，古往今来佳作甚多，但《如梦令》却是绝妙的一篇。那时的李清照是个没到二十岁的妙龄少女，虽然年龄尚轻，但心中的情趣却已经卓尔不群，只是简单的白描，就创造了一幅生动的画卷。

这画没有大山大水，只有小舟小溪，平平淡淡，却清秀文雅，静中有动，引人入胜。正是这朴实无华的语言，给人以至真至上的美妙享受。

藕花丛中，一叶扁舟慢慢前行，那舟上一位曼妙的少女面色微红，那是酒意正浓时，与这池藕花相映成趣。

"争渡，争渡"，她那焦急的心情是要快些找到归家的路，少年时的心总是活泼的，那是青春年少的特质。

在封建社会，规矩对于女性总是十分严苛，名门闺秀须深居府内，但《如梦令》中的少女却是那般自由，对一切充满好奇，有些顽皮，也有些争强好胜。在那个色彩缤纷的世界里，少女努力挥着桨，想要快些前行，不承想惊飞了停在花间的鸥鹭，它们在夕阳的余晖中挥着翅膀，展示出无穷的生命力。

《如梦令》共有两首，其二为：

> 昨夜雨疏风骤，浓睡不消残酒。
>
> 试问卷帘人，却道海棠依旧。
>
> 知否，知否？应是绿肥红瘦！

昨夜狂风不止，但雨却下得稀疏，李清照心中思绪万千，久久不能平复，不得入睡，想到一夜风雨交加，不知那院中的海棠会变成什么景象，喝了不少酒的她心中涌现一丝忧伤，顿生怜惜。

到了天明，仍有醉意，却等不及穿戴好衣服就直接询问为其卷帘的侍女，窗外那些海棠花如今是怎样的情况了？会不会如她担心那般，经过一夜风雨侵袭变得落花一地，侍女并没有去看，只用敷衍应对的口气回答，海棠花依旧开放，并无其他。

李清照听闻此言，不忍叹道：真的是这样吗？难道不应该是绿叶茂盛，红花凋零吗？

"试问"是她想知又怕知的心境，"却道"是她感受到侍女敷衍后的落寞，少女的心事总是如此敏感，只几字就形容得真切、完整。

　　"绿肥红瘦"让人感受到李清照的语言风格。《如梦令》问世之后，轰动了整个文坛，多少文人骚客拍案叫绝，连番称赞。随后她也有多首经典作品问世。

　　那一树树的海棠必是李清照心头挚爱，让她始终惦念，惴惴不安，但她也知道，再美好的花也终究要凋落，让人伤怀。

　　两段《如梦令》都写了酒醉、花美，足见李清照心境之别致、优美。虽是只言片语，却也趣味横生，令人神往，成为一首绝妙的自然赞歌。

　　曾经的某件小事，虽然很快过去，但却给人留下深刻的印象，无论在何时回想，总会饶有兴味。当时的心境，也会一并出现在脑海中，挥之不去。

　　正是因为李清照词中对景色的描写，人们对济南，对那个小溪旁边的亭子充满向往。每个去过济南的人，都想循着她的词句去游览一番，去体味这位女词人的曾经。

　　济南因境内泉水众多，拥有"七十二名泉"，被称为"泉城"，素有"四面荷花三面柳，一城山色半城湖"的美誉。一来看泉，二来怀古，已经成为许多人游览的主题。

　　李清照已经成为济南人的骄傲。在济南，有两处李清照的纪念地。

　　一处是坐落在济南市章丘区百脉泉畔的清照园，园内设李清照纪念馆。章丘是李清照的故里，她从出生到十六岁一直生活在这里。迄今为止，清照园在全国现有的四座（济南、青州、金华、章丘）李清照纪念馆（堂）中是规模最大、品位最高、资料最全的纪念馆。同时，这里也是有关李清照学术研究的重要基地。

清照园建筑高雅，楼轩巍巍。楼台亭榭，曲径游廊，依泉架构，环水而建。园内通过雕塑、壁画、古建沙盘等艺术形式，展示了一代词宗李清照跌宕起伏的一生和卓然一家的诗词成就。

另一处是在济南趵突泉公园内，漱玉泉旁的李清照纪念堂。趵突泉公园位于济南市中心繁华地段，"趵突腾空"是泉城济南的八景之一。严冬时节，泉水之上雾气曼妙，如轻烟袅袅。公园内有众多中小泉，各有不同，形态各异，妙不可言。

园内建筑也十分别致，小桥流水，曲廊蜿蜒，青山绿石，亭榭倒映，泉池与楼阁相映成趣，宛如人间仙境。泉水煮的茶不能错过，清香甘甜，沁人心脾，让行程更加丰富。

《漱玉词》是李清照的一部词集。而趵突泉公园内有漱玉泉，漱玉泉是济南七十二名泉之一，泉水清澈见底，泉水如珠。当泉水自池底涌出，溅落在周围的石头上，声似漱玉，"翠贴莲蓬小，金销藕叶稀。"相传，李清照早年曾在这泉边洗漱。但究竟是先有漱玉泉，还是先有《漱玉词》已经不得而知。

后人以此确定她的故居就在这附近，便修建了纪念堂，成为人们纪念她的地方，门上的"李清照纪念堂"匾额是郭沫若先生所题。展室内从图、文、像、书、画等不同层面展示了一代女词人的伟大成就与丰富的一生。

来到趵突泉景区，一边凭栏观赏趵突腾空，一边欣赏词人佳句，"诗和远方"就这样在济南的泉边牵手相遇。

有多少人，因为一句诗，爱上一座城。济南这座城市有着悠久的历史，在李清照的笔墨里，更多了些婉约的诗意和情趣。而这座有着"一城山色半城湖"之称的城市，也先后孕育了许多名士，这里有中医扁鹊，文学家辛弃疾、张养浩、李开先等，让济南这座富有诗意的城市又添了一份浓厚的历史感。

蓬莱·风休住，蓬舟吹取三山去

梦境，是与世隔绝的桃花源，人们可以在其中享受自由自在的时光，不用被凡尘俗世所羁绊，不用被礼法条规所束缚，可以肆意徜徉，甚至选择天空的颜色、大海的模样。

在一个虚幻的空间中，现实的疲惫可以一扫而空，那些悲凉和无奈的感触不再存在，每个人都可以像初生的孩子，保留最初的纯真。

梦，虽迟早要醒来，却不能不存在，这是许多人心中最后的绿洲，是洪水猛兽袭来时救命的扁舟，是脆弱无助时仅有的温暖，是面对明天最大的力量。

《渔家傲·天接云涛连晓雾》是李清照的另一首作品，词中所描写的是属于女子的梦境，是她与现实的对抗。

> 天接云涛连晓雾，星河欲转千帆舞。仿佛梦魂归帝所。闻天语，殷勤问我归何处。
>
> 我报路长嗟日暮，学诗谩有惊人句。九万里风鹏正举。风休住，蓬舟吹取三山去！

在寂静的夜里，梦境和现实交织在一起，眼前的一切变得模糊，天色蒙蒙，晨雾笼罩着大朵的云，似海浪波涛一般。天上的银河欲转，千帆如梭，逐浪漂去。

梦魂仿佛在此时又回到了天庭，天帝传话，善意地相邀，殷切地问道：你可有归宿之处了？

梦中的"我"回答，路途遥远而漫长，长叹日暮时不早。学习作诗，枉有妙句人称道，却是空无用。长空九万里，大鹏冲天飞正高。风啊！请千万别停息，将这一叶载着"我"的轻舟，直送到蓬莱三仙山。

有别于少女时代，李清照后期的作品有一丝丝幽怨、无奈隐藏在字里行间。这首作品创作于她南渡之后，在宋高宗建炎四年（1130）期间，正值她颠沛于海上航行，途中经历了难忘的风涛之险。这首词中所描写梦境的内容，多与此次经历相关。

这里没有秀美的景色，没有引人入胜的趣事，也没有少女情怀的呢喃，从一开始便展示了一幅壮美、开阔的画卷，在海天一色的背景中，展开了一个亦真亦假的梦境。

梦中的一切那么真切，有天、有云、有雾、有星，还有千帆伴着银河，此处没有风平浪静的美好，只有汹涌的波涛和弥散的云雾，海浪翻滚，站在颠簸的船上仰望星空，只见"星河欲转"，"千帆"也随着起伏舞动。

那次海上遇到的大风，一定给李清照留下了不能抹去的深刻印象，她才会采用这虚虚实实的方式记录这次经历。词人的一缕梦魂在梦中与天帝相遇，在李清照的描述中，天帝是一位平易近人的天神，他态度温和，关心子民。

天帝殷勤的态度，让这流浪的梦魂得以短暂地停留，天帝怜惜每一个生命，关心他们要去往何处。

此时的李清照孤独无依，她参照屈原《离骚》中表达的内容：不惮长度远征，只求日长不暮，以便寻觅天帝。但梦魂的回答却是："我报路长嗟日暮，学诗谩有惊人句。"她所走的路已经很远，如今已经接近黄昏，却依然还未到达。即使能写出如此惊世骇俗的词句，又有什么用呢？

梦魂向慈爱的天帝倾诉自己空有才华却屡遭不幸的苦闷，犹如这海上久久不停的风浪，人生为何总是有许多痛苦相伴，现实为何总有许多困扰？这也是李清照的真实写照。

十八岁的她与长她三岁的赵明诚结婚，赵家家境殷实，前期生活安定无忧，她的作品多是对出行丈夫的思念。后移居青州，年金兵攻陷青州后，李清照与丈夫南渡江宁，从此开始了艰难的生活。

当年与丈夫共同收集的金石古卷，全部散佚，这让夫妻二人备受打击，她的作品也透露着对现实和未来的忧虑，心中有太多苦闷无法排解，只能借诗词抒发。当大鹏鸟正在高举时，梦魂大喝一声"风休住，蓬舟吹取三山去！"

这般豪放的言辞让人折服，可谓气势磅礴，一往无前。"大鹏"源自庄子的《逍遥游》，文曰："鹏之徙于南冥也，水击三千里，抟扶摇而上者九万里。"大鹏乘风能飞上九万里高空。

"三山"是指蓬莱、方丈、瀛洲三座仙山，相传这三处是古代仙人所居之地，虽然能够看见，但当人们真的乘船前往，在即将靠近的时候就会有风将船引去别处，没人能够真正到达。

三山成为极乐净土，可望而不可即，人人渴望之，梦魂也不例外，她希望能够借传说中的大鹏神力，风啊，千万别停息，就将她的船吹到三山，吹到神仙所居的"桃花源"，远离尘世的纷纷扰扰，得到真正的快乐。

　　三山是李清照最渴望到达的仙境，也是很多名人志士心中最向往的乐土。宋代词人葛长庚所创作的《水调歌头·咏茶》中，也将蓬莱作为梦想之所在。

　　　二月一番雨，昨夜一声雷。枪旗争展，建溪春色占先魁。采取枝头雀舌，带露和烟捣碎，炼作紫金堆。碾破香无限，飞起绿尘埃。
　　　汲新泉，烹活火，试将来。放下兔毫瓯子，滋味舌头回。唤醒青州从事，战退睡魔百万，梦不到阳台。两腋清风起，我欲上蓬莱。

　　在多雨的二月，昨夜又响起了雷声。春雨飘落，引得茶叶都争相发芽，建溪的茶叶是最好的，采下茶树枝头最嫩绿的叶芽，带着露珠与云一起捣碎，再炒成金色的茶饼。将茶饼碾碎后，浓浓的香味四散开来，绿色的茶尘随风飞扬。

　　用打来的新鲜泉水，在带有火焰的炭火上烹煮，静下心来尝尝茶水的味道，放下手中的茶饮，茶香仍在舌尖萦绕，余味无穷，唤醒那醉酒之人，也能驱散深深的困意，梦中还没有到阳台。一时间，腋下似感受到清风吹来，飘飘然，人欲飞，飞到蓬莱仙境中去。

　　葛长庚与李清照对蓬莱的渴望不谋而合，当人们在现实中受到巨大的压力、遭遇不公平的对待时，就会渴望解脱，渴望逃离，蓬莱是他们梦想的地方，那里是极致美妙的存在，是可见不可求的梦境、幻觉。

李清照是有才华的奇女子，有理想，有抱负，但在现实中却不能依照自己的意志为转移，找不到出路。她渴望离开当时残酷的现实，去到那没有慌乱、战火、悲伤、凄苦的仙境当中，有着浓郁的浪漫主义情怀。

在这里，梦境与现实交织，历史与生活重叠，词中所写皆是心中所想，李清照让人们看到她性情中豪放不羁的一面。她不是那个只关心落花的娇滴滴少女，而是一个与天帝对话的豪杰，黄苏评此词："浑成大雅，无一毫钗粉气。"梁启超也曾评价："此绝似苏辛派，不类《漱玉词》中语。"

如今人们提起蓬莱，大多会想到八仙过海的传说，其实这里也是秦始皇东寻求药、汉武帝御驾访仙之地。

秦始皇统一六国后，便慕名来到这里寻找神山，求长生不死药。他见海天尽头有一片红光浮动，便问随驾的方士那是什么，方士恰巧看到岸边海中漂浮着一种名叫"蓬莱"的红色海草，便随嘴答之曰："那就是仙山蓬莱。"蓬莱仙山这个名由此而来。

抛开这些美丽的传说，蓬莱是一个景色优美的地方，充满了独特的魅力。这里依山傍海，风景秀美，蓬莱水城与蓬莱阁是国家重点文物保护单位，加上堪称神迹的"海市蜃楼"景观，让蓬莱成为许多人向往的地方。"海市蜃楼"是可遇不可求的，幸运的人才能看到。夏秋交替之时，若遇上晴空万里的日子，便有可能出现，海面上会出现一片山峦，或者城市楼宇，忽隐忽现，缥缈难测，堪称神迹。

被称为人间仙境的蓬莱阁，是中国古代四大名楼之一，它充分展现了古代劳动人们的智慧，也成为历史留给后世的艺术瑰宝。蓬莱阁景色秀美，临海而建，云雾缭绕，站在高处，恍惚间如入仙境。内有天后宫、龙王宫、吕祖殿、三清殿、弥陀寺、戚继光故里、古船博物馆等二十多处景点，以蓬莱阁左侧附楼"登阁求仙"为入口，右侧"人寰仙界"为出口，意味着经过这一进一出后，便可以得道成仙，修成正果。

读一段诗词就犹如燃一盏心香，诗意缭绕，笼罩着蓬莱，你会发现，仙境其实就在人间。

泰山·了却君王天下事

与李清照并称"济南二安"的辛弃疾也是南宋著名的词人,他以文风豪迈闻名,人称"词中之龙",与苏轼合称"苏辛"。好男儿志在四方,忠心爱国,辛弃疾留存世间的六百多首词中,多半是表达他强烈的爱国主义思想和渴望亲自上阵杀敌、报效国家的决心的。

《破阵子·为陈同甫赋壮词以寄之》是辛弃疾晚年失意闲居信州(今江西上饶)之时对早期经历的追忆,曾经的自己在沙场上四处征战,为了国家奋不顾身,一往无前,心中只有一个信念:杀敌报国、收复失地。

辛弃疾回忆起曾经的一幕幕,再想眼前的局势,已是英雄迟暮,壮志难酬,不免心生感慨。

醉里挑灯看剑,梦回吹角连营。八百里分麾下炙,五十弦翻塞外声。沙场秋点兵。

马作的卢飞快,弓如霹雳弦惊。了却君王天下事,赢得生前身后名。可怜白发生!

洋洋洒洒的词句,豪迈奔放的文风,辛弃疾用这首词为人们刻画了一位忠肝义胆、勇往直前，为君主忠心耿耿，为国家忠贞不贰的将军形象。

在醉意正浓的深夜里，将军挑亮手边的油灯，仔细观看手中伴随自己南征北战的宝剑。在梦中，突然听到军营的号角响起，声音连成一片。将军把牛肉分给征战的部下，犒劳他们，乐器奏起雄壮的军乐鼓舞战士的士气，这正是秋天在战场上阅兵！

那战场上飞驰的战马，如的卢马一样跑得飞快，战士们射出的弓箭的离弦之声如惊雷一样震耳。将军一心想替君主完成收复国家失地的大业，取得世代相传的美名，可怜可叹，如今已成白发之人。

在万籁俱寂的黑暗中，千丝万缕的情绪进入脑海，让他久久不能入睡，将军深夜"挑灯"，摩挲着曾经跟随自己上阵杀敌的宝剑，独自借酒浇愁。

借酒浇愁愁更愁，酒醉之后仿佛回到曾经年少的时光，"八百里""五十弦"两句所描绘的盛大场面，将人们带进了斗志昂扬的战争气氛中。

如此酣畅淋漓的梦境，将辛弃疾的爱国之心完全呈现，忠君之念溢于言表，满怀一腔报国的热血，无奈只有在梦境中才能得以表露出来。梦终究要醒来，人也终究要面对现实，纵有千般豪气，此时也只能暗自涕零。尤其是结尾的徒然下落之感，真是让闻者落泪，戛然而止的收尾，留给人们体味的独白。

报国杀敌已经不能实现，建功立业也成为陈年往事，此时只有年老体迈的无奈，让人叹息。

宋高宗绍兴三十一年（1161），二十一岁的辛弃疾，正是意气风发的少年郎。那时，金主完颜亮大举南侵，心怀爱国之情的辛弃疾当然不会袖手旁观，他积极发动群众集结了两千余人，在家乡历城（今山东济南）参加由耿京领导的一支起义军，并担任掌书记。

辛弃疾是位勇敢、果断的少年，在战斗中冲锋陷阵，绍兴三十二年（1162），他奉命南下与南宋朝廷联络，在返程途中，收到噩耗——耿京被叛徒出卖后遭金人杀害，起义军也被打得四处溃散。愤恨不已的辛弃疾遂率领五十多人的抗金残部冲破了金人防线，突袭了几万人的敌营，将叛徒擒拿带回建康，交给朝廷处决。他的胆识和英勇使他名震一时。

宋高宗赐予他官职，从此，他开始自己的仕途生涯。

"壮声英概，懦士为之兴起，圣天子一见三叹息，用是简深知，入登九卿，出节使二道，四立连率幕府。"这是南宋文学家洪迈在《稼轩记》中对这段历史的记录，辛弃疾威武的英雄气概让人叹服，懦弱的人因他的事迹而奋起。天子召见他再三赞叹，因此被重用，位列九卿，任两路转运使，四次任安抚使。

为官期间，辛弃疾安定民生，训练军队，一直对曾经的失败耿耿于怀，极力主张收复中原。但他的想法始终没有被支持，反倒遭到排斥和打击，仕途不顺，长期不得任用，闲居了近二十年的时间。

赋闲的二十年间，辛弃疾多在上饶带湖和铅山（今江西上饶）瓢泉居住，过着游山赏水、闲云野鹤的生活，饮酒赋诗成为他生活的全部，田园的美好给了他许多灵感，他创作了许多关于田园风光的诗词。这期间他曾被调任多个官职，但很快就被罢免。

宋孝宗淳熙十五年（1188），已经年近五旬的辛弃疾与陈亮在铅山瓢泉见面，相约商讨统一大计。陈亮，即题目中的"陈同甫"，南宋思想家、文学家。他的词风格与辛词相似，与辛弃疾志同道合，结为挚友。

这是第二次"鹅湖之会"。

相见时已是冬季，辛弃疾染病在床，雪后的傍晚，夕阳的余晖照在白雪皑皑的大地上，辛弃疾扶栏眺望，看到了远处骑着大红马快速赶来的陈亮。

他十分欣喜，下楼策马响应，身上的病痛也似乎消散了许多。

二人于鹅湖寺相聚数日，对雪煮酒，彻夜长谈，写出数首相互酬答的唱和词，谈及国事都痛心疾首，心中澎湃激动，期盼着朝廷能采纳主战派意见出兵中原收复故土。《破阵子·为陈同甫赋壮词以寄之》便是在这次会面分别之后所作。

开禧三年（1207）秋，六十八岁的辛弃疾身染重病。朝廷想再次起用他，任他为枢密都承旨，令他快速到临安（今浙江杭州）复命。辛弃疾因重病无法赴任，只得上奏请辞，不久便忧愤而死。据说，在他临终之时，还在高呼"杀贼！杀贼！"

作为山东人，辛弃疾与泰山渊源颇深，他一生的精彩篇章与惊人壮举都与泰山、泰安有着紧密的联系。党怀英是泰安人，与辛弃疾为同窗好友，他们先后师从蔡松年、刘瞻，以才华超群并称"辛党"，两人始终关系融洽，经常相约同登泰山、灵岩。辛弃疾还曾对他人讲授过岱庙通天鼓的故事，可见他对泰山、岱庙非常熟悉。

辛弃疾的《贺新郎·题赵兼善东山园小鲁亭》中有："下马东山路。恍临风、周情孔思，悠然千古。寂寞东家丘何在，缥缈危亭小鲁。试重上、岩岩高处。""岩岩"，出自《诗经·鲁颂·閟宫》："泰山岩岩，鲁邦所詹"，即指泰山。这首词也是追忆当年曾上泰山的经历。

当年的泰山抗金生涯也成为日后他在词作上的创作源泉。辛弃疾留下的关于泰山的辞章文字，闪耀着强烈的爱国主义精神，历久弥新。

如《水调歌头·壬子三山被召陈端仁给事饮饯席上作》中写道："一杯酒，问何似，身后名？人间万事，毫发常重泰山轻。悲莫悲生离别，乐莫乐新相识，儿女古今情。富贵非吾事，归与白鸥盟。"

试问一杯酒与名誉哪一个更重要？当然是身后的名誉。无奈的是，现实的人间万事都是本末倒置，毫发常常是重的，而泰山却被看轻。世上最悲伤的事无非生离死别，而快乐的事就是结识一个志同道合的新朋友，这是古往今来的人事常情。但富贵不是我所贪图的事，只想回到家乡与老友白鸥相聚，共赴曾经的誓言。

古往今来，无数文人雅士、英雄豪杰钟爱泰山，关于泰山的诗词更是不计其数，"会当凌绝顶，一览众山小""山映斜阳水接天"。

在泰山的许多景点中，十八盘以险著称，成为泰山的主要标志之一。在对松山北谷底至南天门的这一段路，全程79盘，共计1633级台阶，虽然不足1公里的长度，但垂直高度却超过400米。前393级称慢十八盘，中767级为不紧不慢十八盘，后473级为紧十八盘。

"紧十八，慢十八，不紧不慢又十八"，远远望去，仿佛是天门前的云梯，泰山之雄伟，尽在十八盘。泰山之壮美，尽在攀登中。两山崖壁如削，陡峭的盘路镶嵌其中。征服了十八盘，便能领略"会当凌绝顶，一览众山小"的景象。

人们折服于泰山的峻岭高山，它气势磅礴、风景壮丽，似一个顶天立地的壮汉，保护着一方子民安康喜乐。人们都渴望感受泰山的雄伟，一睹它"天下第一山""五岳之首"的风采。

诸城·明月几时有

　　诸城，坐落在山东东南端，是一座拥有四千多年历史的城市。西汉初年设东武县，隋代改称诸城，宋、金、元属密州，明、清称诸城。

　　它在宋、金、元时有另外一个名字——密州，这里不单是恐龙之乡，还是一位伟大词人创作许多作品的地方，这位词人就是苏轼。

　　提及苏轼，脑海中便会浮现那首传世千古的作品——《水调歌头·明月几时有》。

　　密州是苏轼的官居之地，也是他创作巅峰时的旅居之地。曾经，他在这座名不见经传的小城担任太守，两年中，他创作了大量的诗词歌赋。有怀念亡妻的"十年生死两茫茫"；也有豁达超脱境界的"诗酒趁年华"；还有猎场上雄姿英发的"老夫聊发少年狂"；更有传世千古的巅峰之词"明月几时有"。

　　丙辰中秋，欢饮达旦，大醉作此篇，兼怀子由。

　　明月几时有？把酒问青天。不知天上宫阙，今夕是何年。我欲乘风归去，又恐琼楼玉宇，高处不胜寒。

起舞弄清影，何似在人间？

　　转朱阁，低绮户，照无眠。不应有恨，何事长向别时圆？人有悲欢离合，月有阴晴圆缺，此事古难全。但愿人长久，千里共婵娟。

　　此诗写于宋神宗熙宁九年（1076）的中秋。苏轼以月为题，以月起兴，以月传情，抒发对相别七年之久的弟弟苏辙的思念之情。

　　中秋节的夜晚，通宵达旦，苏轼喝了不少酒，醉意正浓时，想到远方的弟弟，创作了这首词。

　　明月啊，你从什么时候才开始出现的？端起手中的酒杯，斟满美酒，遥问苍天。真不知在遥远的天上的那些华美的宫殿如今是何年何月何时辰，多想趁着这午夜的风飞到天上去，但又怕在那美玉搭砌成的楼宇之上，受不了高耸入九天的寒冷。借酒翩翩起舞，在花丛绿地上玩赏着月光投下的清影，还有哪里能比得上此时的人间？

　　那天上的月儿，转过了朱红色的楼阁，低低地悬挂在那雕花的窗户上，月光照着毫无睡意的人。这明月不该对人们有什么怨恨吧，为什么偏要在人们伤情离别时才圆呢？这人世间啊，有悲欢离合的情感；这天上的月亮啊，有阴晴圆缺的转变，这些事自古以来就难以周全。如此，只希望世上所有人的亲人朋友都能平安健康，长长久久，即便是相隔千里，也能在此刻共享这美好的月光，共赏这轮美丽的月亮。

　　夜晚，总是勾起人思念，对着天上或圆或缺的明月，心中感慨万千。

八月十五，中秋佳节，明月如圆盘悬挂在半空中，照着整个神州大地，发出幽冷的清光，皓月当空，银辉遍地。对着明月，苏轼的思绪开始在夜里向远处蔓延，想到人世间的悲欢离合，想到自己许久未见的亲人故友，将这些心思寄托给明月去传达。

　　此时的苏轼因与当时变法的王安石等人政见不和，主动要求外放，辗转在各地为官。虽然对外宣称的是出于自愿，实质上是遭受权贵的冷遇，不得已而为之。为了能与弟弟经常见面，遂上奏请求调任到离苏辙稍近的地方做官。但在密州任职太守两年后，依然无法实现当初的愿望。

　　久念而不得见，苏轼心中一直记挂着弟弟，虽然诗词中没有直接表达想念，但这份情感却浸透了整首词的字里行间，孤高旷远的自己似乎只有明月伴在身旁，联想到那些盛传的神话传说，醉眼望去，月色朦胧，自己仿佛也进入到那些神话的场景中。

　　"琼楼玉宇"出自晋代传奇小说《拾遗记》："翟乾祐于江岸玩月，或问'此中何有？'笑曰：'可随我观之。'俄见琼楼玉宇烂然。"而"不胜寒"则是出自古代史料笔记《明皇杂录》中的典故：相传，在八月十五夜里，术士叶静能邀请明皇游览月宫。临行之时，叶静能劝他穿上可以御寒保暖的皮衣。到了月宫，发现果然寒冷。

　　苏轼对神话里的传说十分向往，"我欲乘风归去"所用"归"，证明他早已将月宫视为最终的归属，或者说他本来就属于那里。

　　苏轼一生，崇尚儒学，常以实务为主，也"龁龊好道"，曾在中年时表示过想要"皈依佛僧"的想法，经常在儒释道的纠葛当中徘徊，每当遇到生活中不如意时，便会用老庄思想来劝解自己走出困扰。这些初期的哲学思想也体现在他的词作中，"人有悲欢离合，月有阴晴圆缺"。

性格豪放的苏轼，内心却有着浪漫主义的情怀，他的词温婉而耐人寻味。举头望月瞬间，唤醒着随风而去，张开幻想的翅膀，在天上人间走一遭，将烦恼、忧虑都抛诸脑后。

虽然向往月宫琼楼玉宇的美好，但人间却更值得留恋。苏轼是热爱生活的，饮酒赏月，对酒当歌，趁着月光正盛，挥袖起舞，与月光相约，一同嬉戏。李白《月下独酌》中有"我歌月徘徊，我舞影零乱"，也是一样的情怀。

诗人、词人都有着丰富的内心世界，会经常幻想无忧无虑的生活，所以总会在作品中表达对美好生活的向往，从而神游到那个幻想的世界中，在现实与梦幻中不断往返，在出仕与入仕间挣扎。

想到弟弟苏辙，便联想到天下有多少人与亲人分隔两地，无法相见，无法共度中秋这个团圆的节日。如他一样无法入睡的人也许有千千万万，人们都举着酒杯，独自面对天上的明月，不能团聚又能埋怨谁呢？人们不曾得罪过明月，明月自然不是罪魁。

人世间有悲伤离合各种痛苦，月亮也有阴晴圆缺各种姿态，这都是无能为力的事情，这世间万物皆有遗憾，自古以来难有真正十全十美。寥寥几句话，看透人间世，从人到月，从古论今，苏轼已经渐渐释然。天上的月亮终有圆满的一天，而地上人们也肯定会有与家人、朋友相聚的一天。

"但愿人长久，千里共婵娟"已经成为流传千古的名言佳句。"婵娟"本是指事物美好的样子，词中最美好的莫过于天上的圆月。即使人们相隔千里，只要对未来充满希望，就算眼前不能团圆，仍可以对着同一轮圆月举杯，仿佛就在身旁一样，共赏一轮月，共饮一壶酒。心在一起，便可以突破时间、距离的重重困难，不离不弃。

　　王勃的"海内存知己，天涯若比邻"，张九龄的"海上生明月，天涯共此时"，杜牧的"唯应待明月，千里与君同"，无不显示了这种豁达的生活态度，即面对眼前生活的不如意，仍要有一颗乐观向上的心。

　　向天问，向月问，如此豪放洒脱的举动是文人钟爱之事，屈原曾有一百七十余问的《天问》，李白也有《把酒问月》，诗中写道："唯愿当歌对酒时，月光长照金樽里。"

　　当人们心中有无法解答的疑问时，便奢望神明能够给予解惑，而月亮似乎成为神明的使者，接纳着人们的质疑，虽没有直接给出答案，却以阴晴圆缺的方式始终陪伴，始终坚守在人们身边。

　　最初饮酒，也许只是为了庆祝中秋佳节，酒入愁肠难免愁更愁，失意惆怅涌上心头，想到对朝廷态度的无奈，对国家未来的担忧，还有无望重返汴京的失落，杯中酒似乎更容易让人醉去了。

　　"明月几时有"的疑问，是他对追逐事情源头的渴求，他甚至发问宇宙的起源在哪里，这世间有太多事没有答案，或者是他无法解答的。

　　浪漫的苏轼，品着一壶思念的酒，赏着一轮中秋的月，创作出了中秋节最为经典的作品，堪称绝唱，词中流露着真情实感，境界壮美，浪漫忧伤。

"水调歌头"是苏轼善用的词牌格律，另有《水调歌头·安石在东海》《水调歌头·落日绣帘卷》等作品，而他所驻守的密州也因为他的存在扬名。

苏轼本是英雄豪杰，即使身当"文知州"，也不忘武事。他希望能通过强身习武，将来有机会报效国家。有一次，因天气干旱，苏轼带着人马去常山祈雨，在归途中与同官梅户曹一起在铁沟打猎，灵感迸发，创作了《江城子·密州出猎》：

老夫聊发少年狂，左牵黄，右擎苍，锦帽貂裘，千骑卷平冈。为报倾城随太守，亲射虎，看孙郎。

酒酣胸胆尚开张，鬓微霜，又何妨？持节云中，何日遣冯唐？会挽雕弓如满月，西北望，射天狼。

与思念亲人的情绪截然不同，这篇词具有豪放派词风的鲜明特点，表达了强国抗敌的政治主张和渴望报效朝廷的一腔热血。

不惑之年的"我"姑且抒发一下少年人的狂傲之气，左手牵着黄狗，右手托着苍鹰。随从的将士们头上戴着华美艳丽的帽子，身穿貂皮衣裳，浩浩荡荡的队伍像疾风一样行进，席卷了平坦的山冈。为了报答追随太守"我"的全城百姓，立下誓言要像孙权一样射杀猛虎。

饮酒饮到畅快时，感觉胸怀更加开阔，胆气更加张扬。

即使已头发经微白，那又有什么关系？朝廷什么时候才能派人拿着符节来密州赦免我的罪呢？总有一天，要把弓弦拉得像满月一样，射掉那贪残成性的"天狼星"，将西北边境上的敌人统统一扫而光。

当时苏轼只有三十八岁，却自称老夫，让人觉得他率真。词写到最后，已是苏轼向皇帝的请愿书了，愿意被"发配"到西陲，与西夏军决一死战。

如此气势磅礴、酣畅淋漓的词句，为人们呈现了一位弯弓射箭的勇猛猎手形象，借打猎抒发杀敌报国的豪情。在密州这个离朝廷遥远的地方，他依旧秉持着一颗忠诚爱国的心。

如今密州已变成诸城，但人们却从未忘记苏轼那或优美或豪情的词句，在游览诸城时，也不忘感受苏轼的曾经。

第二章

巴山蜀水

成都·地胜异，锦里风流

北宋时期，以成都、杭州、苏州、扬州等地尤为繁盛，是文化、经济高度集中的地区。市井繁华，吸引无数文人墨客前往。

《一寸金·井络天开》一词，鲜活地为后人展现了一幅热闹繁荣的盛世大都市画卷。

柳永，原名三变，字景庄，又因排行第七，人称柳七，是婉约派的代表人物。他在宋词历史上有着举足轻重的地位，他是第一位对宋词进行全面革新的词人，也是创用词调最多的词人。柳永的作品涉猎广泛，有写男女之情的作品，也因游历过很多地方，感受了风格各异的地方风俗，创作了大量描写都市生活、市井风光的作品。柳永曾在六十一岁时漫游至成都，看到此地一派繁荣、歌舞升平的景象，遂有感而发，创作了这首《一寸金·井络天开》。

也有说，这首词是他写给当地官员的投献之作，虽然有"阿谀奉承"的意味，但笔风婉转，用词瑰丽，成为一代佳作。

井络天开，剑岭云横控西夏。地胜异、锦里风

流，蚕市繁华，簇簇歌台舞榭。雅俗多游赏，轻裘俊、
靓妆艳冶。当春昼，摸石江边，浣花溪畔景如画。

梦应三刀，桥名万里，中和政多暇。仗汉节、揽
辔澄清，高掩武侯勋业，文翁风化。台鼎须贤久，方镇
静、又思命驾。空遗爱，两蜀三川，异日成嘉话。

古代人喜欢夜观星象，将夜空中可见的星分为二十八
组，称二十八宿。按照不同的方位，分为东方青龙、北方玄
武、西方白虎和南方朱雀这四大星象。井络就是南方朱雀七
宿之一，属双子座。古代天文学家根据天上星宿的位置，
对应地上的相应地区，称为星宿分野。井络对应的是岷山地
区，此泛指蜀地。李商隐的《井络》一诗中也用这种方式称
呼蜀地。

"锦里""蚕市"都是成都的古称。天上的井宿星笼罩
着成都这块宝地，川陕之间的大小剑山横在那里，似与天
接，将西夏地区阻隔在外，作为天险，保护着一方太平。这
里的景色与别处不同，十分奇丽，成都的景色这般美妙风
流，买卖蚕具的集市人来人往，热闹非凡。这里处处歌舞升
平，文人雅士与流俗之人共同欣赏、逗留，那荣华尊贵的英
俊少年，还有精心装扮的妙龄少女比比皆是。在这三月的春
日里，男女老少在海云山摸石游玩，那浣花溪的风景如画般
美丽。

"梦应三刀"，出自《晋书·王濬传》："濬夜梦悬三
刀于卧室梁上，须臾又益一刀，濬惊觉，意甚恶之。主簿
李毅再拜贺曰：'三刀为州字，又益一者，明府其临益州

乎？'……果迁濬为益州刺史。"意思是，西晋名将王濬任广汉太守时，夜里曾梦见三把刀悬在屋梁上，不一会儿又多了一把。王濬惊醒，心里老是觉得此梦是不祥之兆。主簿李毅却对他拜了两拜祝贺说："三把刀合起来是一个州字，又加上一把，这不是说您将要掌管益州了吗？"不久，益州刺史皇甫晏被人杀死，朝廷遂把王濬升为益州刺史。这个成语意为官职升迁。

"桥名万里"，出自唐人李吉甫《元和郡县图志》：三国时期蜀费祎出使吴国，诸葛亮在此处为之饯行，费祎曰："万里之路，始于此桥。"此桥如今在成都市南锦江之上。

"揽辔澄清"，出自《后汉书·范滂传》："时冀州饥荒，盗贼群起，乃以滂为清诏使，案察之。滂登车揽辔，慨然有澄清天下之志。"多用来形容官员初到任便有革新政治、澄清天下的抱负。

"两蜀三川"，也为蜀地之称，两蜀为东蜀、西蜀。唐以剑南东、剑南西、山南西三道为三川。

成都有着著名的万里桥。官员的中庸理政之路，让此处万物和谐，政事也十分闲暇，一派平和景象。奉旨上任的太守管理蜀地，初到任便可澄清政治，稳定局面，此等贤能甚至盖过了诸葛亮治蜀的功勋，也赶超汉景帝时蜀地郡守文翁在蜀地推行教育感化的政绩。朝廷等待了很久，才寻到有如此贤能之人，用不了多少时间，太守就会高升，再次启程出发。只留下仁爱和政绩在蜀地，来日必成为一代佳话。

柳永笔下的成都美不胜收，自古以来，成都地理位置优越，手工业和商贸繁荣昌盛。北宋人赵抃在《成都古今记》

中明确记载了成都的十二月市："成都府十二月中，皆有市：正月灯市、二月花市、三月蚕市、四月锦市、五月扇市、六月香市、七月七宝市、八月桂市、九月药市、十月酒市、十一月梅市、十二月桃符市。"十二个月市的兴盛直接反映了唐宋时期成都经济的发达。

唐时，四川丝织业繁荣发展，丝织品产量可观且质量上乘。到了宋代，成都蚕市进入大发展、大繁荣时期。蚕市上，贸易活跃，车水马龙，热闹非凡。

在成都十二月市中，数蚕市的规模最大、最具影响力。蚕市主要集中在每年的正月到三月之间，蚕市的举办，也意味着一年的耕作即将开始。人们在蚕市上进行农桑所需的物资交易，其中也兼及农具、花木、果品、药材、杂物等。北宋人黄休复在《茅亭客话》中有记述："蜀中有蚕市，父老相传，古蚕丛氏为蜀主之时，民无定居，跟随蚕丛迁徙，所在即招致为市，进行交易，暂时居处。"

蚕市，作为蜀地的风俗遗迹，从最初单纯的商品交易的场所，逐渐演变为亲朋相聚、休闲娱乐的好去处。

北宋僧人、词人张挥在《望江南》中对蚕市的景象有了更细致的描写：

　　成都好，蚕市趁遨游。夜放笙歌喧紫陌，春邀灯火上红楼，车马溢瀛洲。

　　人散后，茧馆喜绸缪。柳叶已饶烟黛细，桑条何似玉纤柔。立马看风流。

可以想象，正值蚕市那天，人头攒动，箫鼓喧空的景象。夜晚街头巷尾荡漾着欢乐的笛箫之声，红楼之上也点亮了新春的灯火，车水马龙。养蚕的商家在准备第二天的生意，云烟缥缈中，柳叶宛如美人柔细的眉毛，桑条好似美人的玉臂，繁华景象让人沉醉。

传说中锦里曾是西蜀历史上最古老、最具有商业气息的街道之一，早在秦汉、三国时期便闻名全国。到了宋代，锦里仍然作为商业中心，人们在集市上进行商业交易，在周边休闲娱乐，作为成都闹市成为那个时代的缩影。

柳永记录下了都市的喧嚣，也描绘了集市的色彩，街口人群熙攘，商家大声叫卖吆喝。成行成列的歌舞台榭、衣着华丽的才俊、浓妆淡抹的少女皆在其中。

除了商业繁荣，人们的业余生活也十分丰富。按照当地习俗，在每年的农历四月十九日"浣花日"这一天，人们成群结队地宴游于成都西郊杜甫草堂旁的浣花溪边。

除此之外，每年的三月，当地有摸石之游的风俗，男男女女相约前往溪边摸石。古代求问生男生女时，有"弄璋乎？弄瓦乎？"之说，即如果摸到石头意味着生男婴，如果摸到瓦砾则意味着生女婴。如今，摸石之游已经不在，但浣花溪却依旧游人如织。

今天的锦里也依然是最具商业气息的街道之一。在这条街上，浓缩了成都生活的精华，有茶楼、客栈、酒楼、酒吧、戏台、风味小吃、工艺品、土特产，充分展现出成都民风民俗的独特魅力。

《一寸金·井络天开》描绘的场景已经很难再现，人们称这首词为成都的"清明上河图"，几十字便囊括了成都百姓的日常生活，又将民风的淳朴表达了出来。同时，柳永是成都历史的见证者，他写尽了成都的雅，也道尽了成都的俗。

关于成都的诗词数量众多，成都可谓是座以文化为基石的城市，李白、杜甫、陆游、王维、孟浩然、白居易等一众文学巨匠皆在此地留下脍炙人口的诗作，让这座城市散发着浓郁的文学气息，令人神往。

成都拥有都江堰、武侯祠、杜甫草堂、金沙遗址等名胜古迹。如今，已经成为"最中国文化名城"和"中国最佳旅游城市"，吸引着国内外游客的到来。联合国教科文组织正式批准成都加入该组织的创意城市网络，并授予成都"美食之都"的称号。而那些墨香串联起的诗情画意，总会让我们时刻记得成都美味之外的浓厚韵味和诗意。

峨眉山·弄破峨眉山月影

　　每个读过金庸小说的人，都会对其中的峨眉派印象深刻，作为江湖中少数的以女性为主的门派，有着它独特的存在意义。小说中，峨眉派的创始人是郭靖幼女郭襄，她十八岁离家出门游历，一生追寻杨过未果。后大彻大悟，在峨眉山出家为尼，从而开创了峨眉派。

　　作为中国四大佛教名山之一的峨眉山，有着与众不同的风景与历史，实际上峨眉山最早是道教布道的名山，有传说，道教比佛教要早到峨眉山修行一千三百年的时间，所以这里亦道亦佛，有着独特的宗教融合。

　　"峨眉山天下秀"，如果形容其他名山是雄伟强壮的男子，那峨眉山便是娇媚温婉的女子，它地势陡峭，风景秀丽，《峨眉郡志》记载："云鬟凝翠，鬓黛遥妆，真如螓首蛾眉，细而长，美而艳也，故名峨眉山。"

　　此山"一山有四季，十里不同天"，自然少不了历代文人对它的咏赞。流传至今的诗词多达两千多首，楹联上千副。

　　诗仙李白是历史上第一个正面描写峨眉山的诗人，《峨眉山月歌送蜀僧晏入中京》广泛流传；诗圣杜甫也有多首寄情峨眉的诗作，《寄司马山人十二韵》便是其中之一。除此之外，白居易、骆宾王、苏东坡、陆游、魏了翁等，都留下了许多关于峨眉山的佳作。

古代君王也对峨眉情有独钟，唐太宗李世民、明太祖朱元璋、清康熙皇帝都为峨眉山创作过诗词。这让许多人，还未见过峨眉真面目，却已被作品中的它深深吸引，渴望一览"真容"。

《寄黎眉州》是苏轼在四十岁左右任职密州时所创作的。苏轼的故乡在四川眉山，此诗是遥寄时任眉州知州的黎錞，诗中提及瓦屋山与峨眉山，仿佛回到魂牵梦绕的家乡。

> 胶西高处望西川，应在孤云落照边。
> 瓦屋寒堆春后雪，峨眉翠扫雨余天。
> 治经方笑春秋学，好士今无六一贤。
> 且待渊明赋归去，共将诗酒趁流年。

站在胶西的高处，远远遥望四川的西部，也许就在那片孤单的云边。这是多么遥远的距离，这边的瓦屋山还堆积着春天的雪，家乡的峨眉山却是翠绿满山，开始连续下雨。如今当政的王安石素来不喜欢《春秋》，但同师好友黎錞却是一位专门研究《春秋》的儒者，还曾著有《春秋经解》，如此优秀的才学，却被当权者嘲笑，说那是一本古代的"断烂朝报"。恩师欧阳修"藏书一万卷，集采三代以来金石遗文一千卷，有琴一张，有棋一局，而常置酒一壶；以吾一翁，老于此物之间"，自号"六一居士"。欧阳修对苏轼和黎錞十分欣赏，"文行苏洵，经术黎錞"，曾亲自向英宗推荐他们。可如今的朝廷并不重用他们，很难再有像老师这样贤德的人。

如此这般，也罢也罢，将来就像陶渊明的《归去来兮辞》那样，弃官归隐，吟诗作赋，对酒当歌，远离朝政，潇洒地度过余生。苏轼饱受怀才不遇之苦，更因远在密州任职，甚是想念家人，想念家乡，想念记忆中的峨眉山。文人骚客借酒言志，借酒抒怀，古往今来皆是如此。

诗中除了表达对恩师欧阳修的怀念，还有仕途上遭遇压制，心中徘徊许久的归隐之意。

南宋时期的大儒魏了翁是四川人，一生遍历蜀官。峨眉山作为文人雅士的最爱，自然也多次出现在他的诗词中。如"弄破峨眉山月影"这句也出现在他创作的《江州司马安君挽诗》诗句中。

这首《水调歌头·过凌云和张太博方》是寄友情于峨眉山景色的词：

千古峨眉月，照我别离杯。故人中岁聚散，脉脉若为怀。醉帽三更风雨，别袂一帘山色，为放笑眉开。握手道旧故，抵掌论人才。

山中人，灶间婢，亦惊猜。江头新涨催发，欲去重徘徊。世事丝丝满鬓，岁月匆匆上面，渴梦肺生埃。酒罢听客去，公亦赋归来。

峨眉山矗立在眼前，那照着峨眉山的月更是久远，月光照着我的离别伤情。老友又要离别，实在不舍，又无可奈何，只能默默伤怀。午夜三更刮起风雨，离别的酒醉了人心，就在这美好的山色中分别吧，在笑声中挥手。再紧紧握住老友的手，回想曾经共同经历的旧事，不知这一身本领将来能够做什么事。

人在山中，老友相聊久久不愿分离，江水慢慢涨潮，有人在催着老友出发，到了真正要分离的时刻。这世间的事千千万万，最后都化作鬓角的白发，岁月匆匆，也许再想见面只能在梦中。

对峨眉山的钟爱，留在了那些优美的词句中，沧海桑田，千年时光于它而言只是弹指一挥间，无论朝代更替，还是兵荒马乱，似乎都与它无关。它依然还是那个巍峨、秀美、神奇的峨眉山。时光并没有改变它太多，云雾中的峨眉山始终娇羞、柔美，它几乎还是千百年前的它，只是前来欣赏的人早已更迭多次。

一直以来，峨眉山都以"仙山佛国""植物王国""动物王国"等著称。吸引四方来客，峨眉山四大景观也十分出名，即日出、云海、佛光、圣灯。日出金鼎的景象更是令人叹为观止，恰逢佛寺庄严肃穆的钟声响起，天空中逐渐变化的颜色与回荡的佛音融为一体，让人对这天地、神山肃然起敬。

位于峨眉峰最高峰的万佛顶，是欣赏峨眉山四大景观的最佳观测点，它绝壁凌空，平地突起，傲然挺立在大光明山之巅。清晨自金顶向下望，那浓云白海就在眼前翻滚，变幻无穷。金顶位于峨眉山第二高峰，与顶峰的万佛顶相邻，是峨眉山寺庙和著名景点最为密集的地区，也是峨眉山风景区的核心。站在山顶可以眺望整个成都城，运气好的话还可以看到更远的贡嘎雪山，朝拜世界上最高的金佛——四面十方普贤圣像。

云海是摄影者的最爱，最壮观的时刻多发生在傍晚，云海伴晚霞，让峨眉山显得朦朦胧胧，宛如仙境。那半山腰的云犹如姑娘的裙摆，随着晚风徐徐飘动。

此时此刻，苏东坡、陆游、魏了翁的诗词会再次翩然而起，流进你的心田，浸染你的梦境。

乐山·日射金仙照碧津

　　寄情山水，江山如画，文人雅士的眼中处处是风景，处处皆诗魂。

　　在距离峨眉山四十分钟车程的地方，也有一处佛教圣地——乐山大佛，它依凌云山栖霞峰临江峭壁而造，于唐开元元年（713）始凿，前后用了九十余年时间才凿建完成。佛像高71米，大佛头长14.7米、宽10米，肩宽24米，耳长7米，耳内可并立二人，脚背宽8.5米，可坐百余人，是中国最大的一尊摩崖石刻造像。

　　如此神妙之地，自然少不了众多诗人、词人的朝拜，他们也从不吝惜笔墨，记录与它相遇、擦肩的故事。在词体盛行的宋代，却诞生了许多文人关于乐山大佛的经典诗作。尤以"三苏"父子的作品最为著名。

　　"三苏"是苏洵、苏轼、苏辙父子三人的合称，他们是唐宋古文运动的倡导者，各自在擅长的文学领域都有杰出的成就，是宋代文人中的一道风景线。

　　父亲苏洵字明允，自号老泉，是北宋杰出文学家，有诸多佳作，尤其擅长于散文、政论，议论明畅，笔势雄健。苏洵出生在四川眉山，自幼不好读书，因家境富裕，年少时便四处游玩，走过很多地方。直至二十五岁，方始知读书，终于大器晚成。《游凌云寺》是他在游览乐山大佛的壮观景色时，有感而作：

> 长江触山山欲摧，古佛咒水山之隈，
> 千航万舸膝前过，仰视绝顶皆徘徊。
> 足踏重浪怒涛涌，背负乔岳高崔嵬。
> 予昔过此下荆渚，班班满面生苍苔。
> 今来重到非旧观，金翠晃荡祥光开。
> 萦回一径上险绝，却立下视惊心骇。
> 蜀江迤逦渐不见，沫水腾掉震百雷。
> 山川变化禹力尽，独有道者尝悯哀。
> 琢山决水通万里，奔走荆蜀如长街。
> 世人至今不敢嫚，坐上蜕骨冷不埋。
> 余今劫劫何所往，愧尔前人空自哈。

凌云寺在凌云山上，九峰环抱，紧邻乐山大佛。凌云寺创建于唐初高祖李渊武德年间（618—626），早于乐山大佛建造，开凿佛像之时，对该寺宇又进行了扩建。

那长江里的巨浪，翻滚着袭来，拍打在山崖之上，那凶猛的海浪似乎要将山推倒一般，古佛所在的寺庙就矗立在山的拐弯处，靠近水旁。"咒水"是指对水念咒，也是"法水""神水"。

在这里，可以看到乐山大佛膝前有千帆万船缓缓驶过，人们都在抬头仰望绝顶的高处，徘徊而行。乐山大佛脚踏重重巨浪，背靠高大的石头山，崔嵬矗立。

上一次路过这里，是"我"南下荆州的时候。这高大的佛像满面斑驳，长满苔藓，这次重游到此，发现已经不是从前的模样。青翠的山林被金色的佛光照耀着，上山的栈道弯曲萦回，十分艰险，回头看下去令人心惊胆战，不免瑟瑟发抖。

岷江逶迤流淌，渐渐远去，消失在眼前，只留下江水奔腾翻涌发出如雷般的声响。山川变化万千，夏禹为此已经竭尽全力，独有高僧海通为这份凶险悲哀。

矿山决口的江水可以行万里，从蜀郡到荆楚是平坦的大路，四通八达，他们的丰功伟绩后人不敢淡忘，高僧海通升天后的骸骨依然坐立。今天"我"急急忙忙想向哪里去呢？感怀前人啊！"我"空自嗤笑。

诗中记载了乐山大佛曾在1037年至1059年进行的大规模的修复工程之事。苏洵先前游玩到此时，大佛的周身长满了青苔，处处呈现旧貌，而再次来到这里，发现乐山大佛已经重新装了金身，彩绘了服饰，并且重新建造了大佛阁，并将其名定为"天宁阁"。

1962年，乐山市对乐山大佛又进行了一次维修，证实了苏洵诗词中的记载，在大佛的胸口部位发现了一个高约一丈、宽约一米的密封石洞，已经残破的封门石正是苏洵所处年代的石碑，刻着"重修天宁阁记"的字样。

事实上，不止苏洵一人写过关于乐山大佛的文章，他的儿子们也对此处有着特殊的情结。

嘉祐四年（1059），苏轼、苏辙两兄弟已经中举。因母亲过世，二人回四川眉山老家奔丧。在守丧期满后，又随父亲返回京城。

在旅途中，父亲和两个儿子并不急于赶路，而是边走边看，边游边歇，几乎每经过一个地方，都会驻足几天，感受一下当地的风土人情，尽情游览。他们取岷江水路，后经嘉州（今四川乐山）、犍为（今隶属四川乐山），再出蜀，下江陵。

一路上，三人即景创作了若干诗作。众多亲友听闻父子三人沿途经过，都诚邀至家盛情款待，当地官吏仰慕"三苏"才华，也纷纷前来拜见和款待。

这次的行程走了半年，他们分乘数船，浩浩荡荡，顺流而下。三位文豪以船为家，或下棋饮酒，或吟诗作赋，或抚琴高歌，好不惬意。洒脱随性，甚是风流。于是，兴之所至时，父子三人定以"初发嘉州"为题作诗。其中，苏轼所作诗句为：

朝发鼓阗阗，西风猎画旗。

故乡飘已远，往意浩无边。

锦水细不见，蛮江清可怜。

奔腾过佛脚，旷荡造平川。

野市有禅客，钓台寻暮烟。

相期定先到，久立水潺潺。

清晨出发，鼓声阗阗，西风吹动着旗子，故乡已经越来越远，曾经的事也渐渐飘散，正值好年华，摩拳擦掌，想为国家效力，施展抱负。

因母亲故去，"我"对故乡有着无限的眷恋，想到这一行出发后，不知何时能再回到故土，心中难免感伤。看着岷江水的浪花越漂越远，在乐山凌云大佛的脚下掠过，随后就消失在了一望无际的水面。

想到曾经在钓鱼台与同乡僧人宗一话别邀约，也许宗一和尚早已经在那里等候多时，他一定是久久伫立，远远眺望，不见"我"熟悉的身影，只见暮色茫茫，只听水声潺潺。

此诗作于苏轼二十四岁时，是他早期作品。苏轼从小受父亲的影响，游览山川河流时，"杂然有触于中，而发于咏叹"。他们此行诗作多达百首，集结成《南行集》。

父亲苏洵所作《初发嘉州》为：

家托舟航千里速，心期京国十年还。

乌牛山下水如箭，忽失峨眉枕席间。

虽然还在乐山，却已心期京国许多年，苏洵的诗作大气磅礴，意味深长。

苏辙所作的《初发嘉州》为：

放舟沫江滨，往意念荆楚。

击鼓树两旗，势如远征戍。

纷纷上船人，橹急不容语。

余生虽江阳，未省至嘉树。

巉巉九顶峰，可爱不可住。

飞舟过山足，佛脚见江浒。

舟人尽敛容，竞欲捫其拇。

俄顷已不见，乌牛在中渚。

移舟近山阴，壁峭上无路。

云有古郭生，此地苦笺注。

区区辨虫鱼，尔雅细分缕。

洗砚去残墨，遍水如黑雾。

至今江上渔，顶有遗墨处。

览物悲古人，嗟此空自苦。

余今方南行，朝夕事鸣橹。

至楚不复留，上马千里去。

谁留居深山，永与禽兽伍？

此事谁是非，行行重回顾。

此时苏辙年仅二十，却文风老到，甚至还想到在山间隐居。

苏洵非常重视对两个儿子的教育，两人不负所望，均通过"制策"考试。

嘉祐六年（1061），苏轼应中制科考试，即通常所谓的"三年京察"，入第三等，为"百年第一"。宋朝三百余年历史，科举考试共选四万多位进士，制科考试只进行了二十二次，成功通过的只有四十一人，苏轼便是其中的佼佼者。

同年七月，苏洵被任命为秘书省试校书郎。虽然年少时，苏洵功名未成，但此时好运频频降临，父子三人仕途坦荡。两个儿子后来在文学方面的建树，更是让他十分欣慰。

在乐山大佛头顶的山坡处，有东坡读书处的遗迹，相传那片梅园也是他在教学和读书时所栽种的，真实与否早已无从考证，但父子三人与乐山大佛缘分颇深。

关于乐山大佛的诗词数量众多，除了"三苏"，黄庭坚、陆游、范仲淹之子范纯仁都留下许多经典之作，近代诗人戈壁舟也曾形容它的壮观："佛是一座山，山是一尊佛。"

凌云山紧紧依偎在岷江畔，乐山大佛便是依着凌云山所建，拥有左青龙、右白虎、前朱雀、后玄武的独特地貌。

在乐山大佛外围，有一尊全身长4000余米，由几座山体组成的"巨型睡佛"。它地处三江即岷江、青衣江、大渡河的汇流之地，卧佛形态十分逼真，轮廓清晰，四肢齐全。巨佛的头、身、足，分别由乌尤山、凌云山和龟城山三山联接组成。睡佛宛如真的处于熟睡之中，呈仰面朝天之势，成为自然佛像一大奇观。

大佛右侧的石壁上，有一条险峻的、自上而下盘旋的栈道，这便是"九曲栈道"，于修建佛像同时开凿。栈道第一折的"经变图"雕刻精美，形象生动，并刻有亭台楼阁。有人称这凌云栈道是"悬崖壁上的交响诗"，宛如一条腾空而来的巨龙，停歇于悬崖绝壁间，是大自然的造化与人工雕琢的完美作品。再融合着诗歌的意境，便是这人间最美的艺术品。

乐山，自古便有"蜀之胜境"的美誉。千百年来，岷江、青衣江、大渡河奔腾不息；乌尤山、凌云山绵延秀美，共同造就了这座乐山乐水的绿色之城。千百年来，乐山大佛依山俯江，普度苍生，给当地百姓带去无尽福祉。

第三章

千湖之省

黄鹤楼·再续汉阳游，骑黄鹤

　　古语有云：读万卷书不如行万里路。这是中国古人在千年求学过程中摸索出的求知模式，游历是成长过程中不可缺少的部分。

　　在武汉的蛇头山上，有一座十分著名的古雅楼阁，高49米，从四面望去，浑然天成，那便是闻名天下的"黄鹤楼"。据陆游《入蜀记》载："黄鹤楼旧传费祎飞升于此，后忽乘黄鹤来归，故以名楼。"

　　作为"天下江山第一楼"的黄鹤楼，坐落于武汉长江南岸的武昌蛇山的黄鹤矶头，面对鹦鹉洲，是武汉标志性的建筑物，与湖南岳阳楼、江西南昌滕王阁并称"江南三大名楼"。此楼为重建楼，主楼以清代同治楼为蓝本进行修建，更加高大、雄伟。

　　它雄踞长江之滨，蛇山之首，主楼共五层，层层飞檐，四望如一，视野开阔。登上黄鹤楼，武汉三镇的旖旎风光尽收眼底，滚滚的长江之水奔流在脚下。由于地处独特的地理位置，以及历代有关其诗词、文赋、楹联、摩崖石刻和民间故事等经典的流传，黄鹤楼集自然景观与人文景观为一体，闻名遐迩。

相传，黄鹤楼始建于三国时期，在战乱天灾中屡遭摧残，最后一次是在清朝光绪七年（1881）遭遇大火，不幸焚毁，但历史和人们都不曾放弃过重建，让它虽历经风雨，但精魂犹在。

　　古往今来，数不清的文人雅士登临黄鹤楼，留下了千古名作，这其中包括李白、杜甫、王维等著名诗人，还有南宋的抗金名将岳飞。

　　岳飞精忠报国的事迹千古传诵，他因坚持抗战，反对议和，被奸臣秦桧以"莫须有"的罪名加以谋害。岳飞流传的诗词很少，词仅存三首，皆表达抗金的伟大抱负和壮志难酬的深沉情怀，词风悲壮慷慨，意气风发。《满江红·登黄鹤楼有感》便是其中之一。

　　岳飞也想效仿仙人，过着"骑黄鹤"般洒脱的生活，但他深深知道这种神仙般的生活对于他来说是一种奢求。他心系中原的百姓、国家的未来，希望早日平定战乱，还给百姓幸福的生活。

　　绍兴三年（1133）十月，金兵攻占南宋多地，切断南宋朝廷通向川陕的交通要道，直接威胁到湖南、湖北两地的百姓安全。岳飞连连上奏，奏请带兵出征，收复失守的襄阳、唐、邓、随等六州。

　　在岳飞的坚持下，朝廷任命他统军出征。因岳飞治军严格，军纪严明，运筹得当，三个月内迅速收复六州，并打开川陕通向朝廷的要道。本来可以一鼓作气，乘胜收复更多失地，朝廷却以"三省、枢密院同奉圣旨"的名义要求岳飞班师回朝。

岳飞无奈，只好率领军队回到鄂州。但他心中从未忘记北伐大业，希望可以为国再战，他连番上奏，请派二十万军队出战中原，收复失地，以免错失这绝好的机会。

岳飞在出兵收复襄阳六州驻节鄂州（今湖北武昌）时，登上黄鹤楼，向北方的中原眺望，心中感慨万千，创作了这首慷慨激昂的充满爱国情怀的词作。

> 遥望中原，荒烟外、许多城郭。想当年，花遮柳护，凤楼龙阁。万岁山前珠翠绕，蓬壶殿里笙歌作。到而今、铁骑满郊畿，风尘恶。
>
> 兵安在？膏锋锷。民安在？填沟壑。叹江山如故，千村寥落。何日请缨提锐旅，一鞭直渡清河洛。却归来、再续汉阳游，骑黄鹤。

登上黄鹤楼，远远眺望那中原，只见一片荒烟团团聚拢着，仿佛有许多城郭一般。遥想当年啊！繁花遮住了人的视线，柳枝掩护着城墙，城中满是雕龙砌凤的楼阁，万岁山前、蓬壶殿里，宫女成群，歌舞不断，满眼都是处处祥和、一片富庶的景象。

万岁山是北宋著名的一座皇家园林，一处专供皇室游玩的地方，兴建于北宋政和七年（1117）。据《宋史·地理志·京城》载："徽宗政和七年始筑，积土为假山，山周十余里，堂馆池亭极多，建制精巧，四方花竹奇石，悉聚于此。"蓬壶是其中一堂名。

而如今，胡虏的铁骑兵包围着京师郊外，践踏着我们的家园，引发一次次战争，处处风尘弥漫，形势险恶。杜甫曾写道："国步初返正，乾坤尚风尘"，用风尘表达战争，战马的蹄子带起了尘土，仿佛整个国家都在灰霾之中。

将军、士兵在哪里？他们血染沙场，鲜血染了兵刃。百姓在哪里？他们已经在连年的战争中死去，尸首填满了溪谷沟渠。感叹这大好的河山的风景一如往昔，田园却已经荒芜，万户萧条，人丁稀少。

战争带来民不聊生，也带来家毁人亡，尸体填满了溪谷的景象让人心痛。什么时候能有杀敌报国的机会？"我"定会率领精锐部队出兵北伐，挥鞭渡过长江，扫清横行京畿一带的胡虏，收复中原。待到归来之日，重游黄鹤楼，再续今日之游兴。

黄鹤楼几乎成了古诗词中一个"地标建筑"。

唐人崔颢的《黄鹤楼》被誉为唐代七律第一，上至耄耋老人，下至懵懂孩童，无人不知无人不晓：

> 昔人已乘黄鹤去，此地空余黄鹤楼。
> 黄鹤一去不复返，白云千载空悠悠。
> 晴川历历汉阳树，芳草萋萋鹦鹉洲。
> 日暮乡关何处是？烟波江上使人愁。

对于楼名的由来，来自民间的神话传说给它蒙上了一层神秘的色彩。最多是从上文中"昔人"一词化来。这个"昔人"就是所谓的黄鹤仙人。一说仙人子安曾经乘黄鹤在此处经过，黄鹤楼因此而得名，另说是蜀国人费祎成仙后，曾骑着黄鹤在此休息，从此得名。

黄鹤楼名字的真实由来已经无从查考，人们更愿意接受的是"神仙说"，在欣赏黄鹤楼美丽景观的同时，怀想仙人的神秘传说，会平添几多浪漫的情怀。

从黄鹤楼的后门出去，就是一条长长的石板路，沿路一直走，过了白云阁和十余座石牌坊后，就会看到为了纪念岳飞修建的岳飞广场，那里建有岳武穆遗像亭（即岳飞亭），亭中有刻有岳飞半身遗像的明代石碑，亭旁是岳飞铜像。岳飞像气宇轩昂，顶盔挂甲，腰佩宝剑，面西背东，高大威严，身后是一匹战马。

岳飞在战场上骁勇善战，在文学上造诣也颇深。他那首代表作《满江红·怒发冲冠》是一首气壮山河、传诵千古的名作，体现了岳飞抗金救国的坚定意志和大无畏的英雄气概，其还我山河的壮志豪情激励着无数的后人。

> 怒发冲冠，凭栏处、潇潇雨歇。抬望眼，仰天长啸，壮怀激烈。三十功名尘与土，八千里路云和月。莫等闲、白了少年头，空悲切。
>
> 靖康耻，犹未雪。臣子恨，何时灭！驾长车，踏破贺兰山缺。壮志饥餐胡虏肉，笑谈渴饮匈奴血。待从头收拾旧山河，朝天阙！

心中怒不可遏，头发都竖了起来。独自登高，凭栏远眺，刚刚急骤的风雨已经停歇，抬头远望天空，禁不住仰天长啸，满怀报国的赤诚之心。三十年来虽然建立了一些功名，但如尘土般，微不足道，南征北战跨越八千里，经历了多少人世变化、风云人生。不要浪费大好的时光，把握一切机会建功立业，不要将青春消磨尽，等到年老时，只能独自伤悲，徒劳无功，人生一片空白。

靖康之变的耻辱，至今也未被雪洗。作为国家的臣子，心中的怒火什么时候才能熄灭！待"我"驾着战车向贺兰山进攻，将山丘踏为平地。"我"满怀壮志豪情，要吃了敌人的肉充饥，喝敌人的鲜血解渴。待重新收复旧时河山，再给朝廷带来捷报。

岳飞的爱国之情是真切的，无论在历史记载中还是他自己的诗词中，都可感受到那份浓烈的情感，他是一个光照日月的伟大人物，而登黄鹤楼也成为纪念岳飞的一种方式，让后人时刻警醒，秉持爱国之心。

清·袁耀 《蓬莱仙境图》 北京故宫博物院藏

清·袁耀 《蓬莱仙境图屏》 天津博物馆藏

泰山松

盛秀曄

明·盛茂燁《泰山松图》上海博物馆藏

清·袁耀 《巫峡秋涛图》 首都博物馆藏

元·赵孟頫 《鹊华秋色图》 台北故宫博物院藏

元·夏永 《黄鹤楼图》 云南省博物馆藏

黄州·大江东去，浪淘尽

人的一生，犹如江中的小舟，历经多次浮浮沉沉，艰难地沿着人生方向前行，苦难是劫，也是让人蜕变的机缘。

历经低谷是一笔隐形的财富，许多优秀的诗词都是作者在经历人生逆境时创作的，也许在困境中，人会更加敏感，更加需要宣泄，思如泉涌，妙笔生花。

苏轼作为宋代杰出的词人，一生在宦海浮沉，大半生都在四方奔走，积累了丰富的人生阅历。他善于总结，精于观察，即使是平凡生活，也被他酿成了不朽的诗词。

二十一岁中进士，三十岁以前的大部分时间苏轼都是在书房中度过的。元丰二年（1079），四十三岁的苏轼因诗作讽刺新法，被捕入狱。这就是北宋著名的"乌台诗案"。这一巨大打击成为苏轼一生的转折点。出狱后，被贬为黄州（今湖北黄冈）团练副使。这是一个并无太多实权的职位，几乎算是闲职。他索性就在旧城营地处开荒种地，或者到周边游历访古，"东坡居士"的别号便是在这时诞生的。

他对政治仕途已经失望，将精力更多寄托在诗词创作上，常常借景抒情，挥毫泼墨，这段时间里，留下了许多脍炙人口的经典文章，《念奴娇·赤壁怀古》便是其中最为精彩的一篇。

> 大江东去，浪淘尽，千古风流人物。故垒西边，
> 人道是，三国周郎赤壁。乱石穿空，惊涛拍岸，卷起千
> 堆雪。江山如画，一时多少豪杰。
> 遥想公瑾当年，小乔初嫁了，雄姿英发。羽扇纶
> 巾，谈笑间，樯橹灰飞烟灭。故国神游，多情应笑我，
> 早生华发。人生如梦，一樽还酹江月。

这长江之水源源不断，滚滚向东流去，宛如淘沙般，淘尽了千百年历史中的风流人物，他们都是历史豪杰。在那久远的古战场西边，据说那是三国时期周瑜击败曹军的赤壁。四面皆是石乱山高，两岸悬崖如削，惊涛骇浪拍打着对岸，那卷起的一层层浪花宛如冬日里的千万堆雪。江山如此美丽，如诗如画一般，这广阔天地间，一时间涌现出了多少英雄豪杰。

遥想当年的周郎，名瑜字公瑾，小乔刚刚嫁给他做妻子时，周瑜是何等雄健威风，神采奕奕，翩翩少年，英姿飒爽。手里拿着羽毛扇，头戴纶巾，从容潇洒地谈笑风生间，八十万曹军灰飞烟灭。如今"我"身临古战场，回忆当年的激烈战况，神游往昔后，可笑"我"有如此多的怀古柔情，未老先衰，鬓发斑白。人生啊，如同一场朦胧的梦一般，还是举起杯中酒，祭奠万古的明月吧。

看着月夜江上的壮美景色，将景色与历史和情怀糅合在一起，借古评今，以此表达自身怀才不遇的苦闷，成就了一

首古今绝唱。

诗人眼中的大江大河皆是豪迈，以滚滚的长江开篇，让整首词一开始便奠定旋律。他不是婉约诗人，不会钟情于花花草草，而是讲述一个大历史背景之下的故事。

随着江水的翻滚，淘尽了历史的英雄，三国时期出现众多英雄豪杰：横槊赋诗的曹操，驰马射虎的孙权，隆中定策的诸葛亮，也让主人公周瑜隆重登场。在这浩瀚江水的映衬下，"周郎"的形象也越发伟岸。

这场战役发生在苏轼创作这首词的八百七十多年以前，三国时期，东吴名将周瑜曾在长江南岸，指挥了以弱胜强的经典战役——赤壁之战。

建安三年（198），东吴孙策亲自迎请二十四岁的周瑜，并授予他"建威中郎将"的头衔，同他一同攻取皖城。皖城之战胜利以后，周瑜娶了小乔，自古美女配英雄，苏轼用美人衬托英雄的威武。

小乔原名乔婉，还有个姐姐唤大乔，原名乔玮，是乔公的两个女儿，是三国时期人尽皆知的美女姐妹。唐朝杜牧在《赤壁》中写道："东风不与周郎便，铜雀春深锁二乔。"正是因为周瑜在赤壁之战中取得胜利，才避免了杜牧诗中的"铜雀春深锁二乔"。

想到三国时期的周瑜，是何等英明神武、气质非凡、风流倜傥，但谁能赢得过时间呢？时光已逝，只留下这战争的遗迹可供人回忆。

"羽扇纶巾"是三国时期的经典装束，更是儒将常用的打扮，南宋人戴复古在《赤壁》中写道："千载周公瑾，如其在目前。英风挥羽扇，烈火破楼船。"如此处变不惊的周都督，似乎早对这场战役有了胜利的把握，如成竹在胸般谈笑风生，即使大敌当前，也是从容潇洒，稳操胜券。

樯是挂帆的桅杆，橹是一种船桨。"樯橹灰飞烟灭"从细微之处入手，描绘了那场战争。赤壁之战是以火攻水船的战争，当时周瑜指挥吴军用轻便的小战舰，装满了容易点燃的枯柴，又以鱼油浸之，诈称请降。曹军让战舰驶近，待到距离够短，吴军便迅速点燃枯柴，瞬间"火烈风猛，往船如箭，飞埃绝烂，烧尽北船"。曹军惨败，战败的场景仅用"灰飞烟灭"，给人无限的想象空间。

曹军的水船一艘连着一艘，在滚滚的江水上燃烧，火光连天，大势已去。而吴军的将领周瑜则衣冠楚楚，端坐军前，淡定自若地指挥着将士推进战局，何其潇洒！

三国英雄众多，苏轼赤壁怀古，可见对周瑜的肯定和赞赏，羡慕周瑜有机会施展才谋，治国平天下。而回到现实，苏轼虽觉察到北宋国力的软弱，也清楚知道辽夏的军事政权是北宋的重大威胁，他却无计可施。

他已经不被朝廷重用，即使他心系国家，即使他时刻关心着边境战事，但这一腔热血只能在遥远的黄州渐渐冷去，却也无计可施。对着这滚滚的江水，苏轼心中悲痛万分，多希望能出现一位如周瑜一般的人，改变这个国家的局势，如同当年的赤壁之战一样。

梦中醒来，发现刚刚的慷慨激昂只是"故国神游"的梦境，这种落差让人感到更加失落，一声叹息是多少无奈，只能笑自己多情徒伤悲，将壮志未酬的苦都放在酒中，放眼江水，举杯邀月，自解苦闷罢了。

如他在《西江月·世事一场大梦》中所写般凄凉："世事一场大梦，人生几度新凉？夜来风叶已鸣廊，看取眉头鬓上。"

苏轼的词作有大境界，几句之间便是千百年间的光影交错，前有周瑜英风挥羽扇，后有"早生华发"的失意；前有"大江东去"的磅礴，后有"人生如梦"的局促；前有"江山如画"的美妙，后有"灰飞烟灭"的惨景。

这种题材的诗词是苏轼的创新，他用曾经的著名的战役对现实进行评价，开拓了新的诗词表达方式，对时代和文坛都有重大的影响。

在宋人俞文豹的《吹剑续录》中，是这样记载苏轼的《念奴娇·赤壁怀古》的：

> 东坡在玉堂日，有幕士善讴，因问："我词比柳词何如？"对曰："柳郎中词，只好十七八女孩儿执红牙拍板，唱'杨柳岸晓风残月'；学士词，须关西大汉执铁板，唱'大江东去'。"公为之绝倒。

意思是说，东坡在堂上，幕僚中有个善于吟唱的人。东坡问："我作的词和柳永的相比如何？"答说："柳先生的词就像一个十八岁的女孩拿着红牙板唱'杨柳岸晓风残月'，有情有调。而您的词，就像一个大汉唱'大江东去'那样有气势！"

文中说，须是大汉手持铜琵琶、铁绰板进行表演，才配得上这么激情澎湃的词作，虽然这说法有些讥讽之意，但他们只是限于传统观念的认识，也侧面印证了这首诗词在当时引起了轩然大波，引人深思。

黄州数年，苏轼也经历了重要的转变，无论是思想上，还是文风上，都与之前大有不同，他渐渐成熟，也更加睿智，也明白了现实与理想之间存在着不可逾越的鸿沟，也学会了顺应时代，与现实握手言和。

实际上，赤壁之战的故地存在争议，而且古已有之。有人说在现今的湖北蒲圻县境内，也有黄冈、武昌、汉阳等说法，赤壁之战的真正所在地，还待后人考证。苏轼所到的是黄州赤壁所在，所以他在诗词中用到了"人道是"。

黄州的赤壁被称为文赤壁，也有人称它为东坡赤壁，因苏东坡在此处创作了《念奴娇·赤壁怀古》《前赤壁赋》《后赤壁赋》而著名，他在这里开创了"文冠天下，翰墨飘香"的新天地。作为历史悠久的旅游景观，古往今来吸引无数名人的到来。李白、苏辙、黄庭坚、陆游、辛弃疾、文天祥等文人雅士创作了大量有关赤壁的诗词歌赋，形成了寓情于景的独特的东坡赤壁文化。

之所以取名"赤壁"，是因为在赤鼻山附近有一块突出下垂的岩石，颜色呈赭赤色，且屹立如壁，因此得名。当年的赤壁矶，耸立于大江之畔。由于江水改道，沧桑变易，现今的东坡赤壁已不在江边了。但这里仍保留着苏东坡的不少遗迹和碑刻。东坡赤壁碑刻闻名全国，有历代名人书画碑刻近三百块，其中苏轼书画碑刻一百余块，是一笔十分宝贵的文化财富。如苏东坡的《景苏园帖》碑刻，笔风流畅，宛如江河流泻，是苏轼书法的代表作，是"国中之宝"，继王羲之的《兰亭集序》、颜真卿的《祭侄稿》，被称为"天下第三行书"。坡仙亭内有苏东坡手书的《念奴娇·赤壁怀古》，其行草苍劲豪放，为著名文物。

东坡赤壁的楼阁始建于西晋，已经有一千七百余年的历史，里面建有许多造型精美的亭台楼阁，古朴典雅。还设有东坡祠堂，供后人瞻仰，追忆苏轼曾在此地，带领百姓开荒拓耕的经历。

如今的赤壁景区吸引了许多游客，尤其是文化爱好者，人们来到这里，希望能够感受"大江东去"的景象，追忆赤壁之战，追忆苏轼起起伏伏的一生。

历史中交错着诗词，承载着一代又一代人的情感，曾经的古战场，后来的文化圣地，回望之间，我们更懂了词人的心境，有了强烈的情感共鸣，这便是诗词的力量。

襄阳·问岘首、那时风景

　　唐诗宋词作为古代文学的经典形式，是记录那个遥远年代的重要载体，将缥缈的岁月以文字的形式传播给后人，这种文化的传承让中国上下五千年的历史变得立体、生动、有趣。

　　文学作品中，诗人、词人会通过他们细腻的笔触，记录下一个他们眼中的社会，无论是游览山水，还是友人的相聚、离别，都会变成一首首意味深长的作品，留给后人去感受，去想象。

　　襄阳是一座国家历史文化名城，由于其所处的特殊地理位置，自古以来就是兵家必争之地。这里山川秀美、名人荟萃、文化繁盛，有数不尽的传奇、道不完的史话。

　　南宋文学家刘过对襄阳有着自己的认知：

西吴曲·怀襄阳

　　说襄阳、旧事重省。记铜驼巷陌、醉还醒。笑莺花别后，刘郎憔悴萍梗。倦客天涯，还买个、西风轻艇。便欲访，骑马山翁，问岘首、那时风景。

　　楚王城里，知几度经过，摩挲故宫柳瘦。漫吊景。冷烟衰草凄迷，伤心兴废，赖有阳春古郢。乾坤谁望，陆百里路中原，空老尽英雄，肠断剑锋冷。

刘过，字改之，号龙洲道人。四次应举不中，流落江湖间，终身布衣，陆游、辛弃疾都对他欣赏有加，刘过的文风与辛弃疾相近，与刘克庄、刘辰翁并称"辛派三刘"，著有《龙洲集》《龙洲词》。

"西吴曲"是刘过自创的词牌名，即自度曲。所谓自度曲是指通晓音律、擅长音律的词人自己写歌词，又自创的曲调，也叫自制曲、自度腔。

说起襄阳，曾经的旧事再次浮上心头。还记得曾经的铜驼巷，热闹非凡，饮酒其中，似是醉了，又似乎是清醒着的。那日分别后，"我"刘郎便心感憔悴，仿佛是那断了梗的浮萍一般，漂泊不定，成为浪迹天涯的疲倦过客。乘着西风轻艇，拜访骑马山翁，向那岘山发问，那时的场景又是何样。

铜驼巷是汉魏时期洛阳最繁华的大道，两侧商贾云集，热闹非凡，是当时王孙贵族、少年才子们最爱游玩的地方。晋人陆机在《洛阳记》中载："洛阳有铜驼街，汉铸铜驼二枚，在宫南四会道相对。俗语曰：'金马门外集众贤，铜驼陌上集少年。'"司马光也在《洛阳少年行》中赞曰："铜驼陌上桃花红，洛阳无处不春风。"

楚王的城中，多少年已经过去了，再次摩挲这旧宫中的柳树枝丫。凭吊旧时的场景，如今草衰景萧，只留冷烟低迷凄凄，想到这兴衰起伏，慨叹韶华已逝，即使满怀报国豪情，但终究只是落得伤心。

虽然一生都在落魄漫游中度过，刘过却始终怀着壮志豪情，可惜可叹的是年华已逝，依然未建功立业，心中难免郁闷悲痛，只能在自嘲中暗自伤怀，忍受"肠断剑锋冷"的萧瑟。

词中的"岘山"是指襄阳岘山，坐落于襄阳城西南1公里处（今湖北襄阳市襄城区以南）。这个说法出自《晋书》卷三十四《羊祜列传》。事实上，中国境内，以"岘山"为名的山有很多处，但此处的最为著名，俗称"三岘"。岘山到处是名胜，遍身皆古迹，是一座正宗的历史文化名山。最为人所熟知的是羊祜和堕泪碑。

羊祜是西晋时期著名的军事家、政治家，品德高尚，镇守襄阳十余年，着力经略荆州，为灭吴做准备，功勋卓著。在此期间，百姓安稳，边防严谨，他还开办学校，发展周边贸易。据记载，羊祜在镇荆襄阳时，常到这座山上饮酒作诗。一次，他对同游者怅然叹息地说："自有宇宙，便有此山，由来贤达胜士，登此远望，如我与卿者多矣！皆湮灭无闻，使人悲伤，如百岁后有知，魂魄犹应登此也。"

羊祜死后，当地百姓为了纪念他，在岘山为他建碑立庙，"岁时飨祭焉。望其碑者，莫不流涕"。当时的襄阳百姓、凭吊者望此碑无不流泪伤怀，想到羊祜在时，励精图治、广布恩德，给百姓带来安定祥和的生活，"志存公家，以死勤事"，虽位高权重，却从不奢靡生活，十分节俭，每当领到俸禄，都会接济当地百姓，犒赏军队。

羊祜家中没有什么积蓄，也没有田产、宅院，一次女婿劝他置办一些田产，他却转身告诉儿子："人臣树私则背公，是大惑也。汝宜识吾此意。"

他死后，百姓无比怀念这位好官，泪如雨下，因此其墓碑也叫堕泪碑。

除了在刘过的词中出现，岘山也多次出现在其他名人的诗词中。孟浩然在《与诸子登岘山》中有"羊公碑尚在，吟罢泪沾巾"。李白在《襄阳歌》中也有"落日欲没岘山西，倒著接篱花下迷。襄阳小儿齐拍手，拦街争唱白铜鞮"。陈子昂也在《岘山怀古》中提到"犹悲堕泪碣，尚想卧龙图"。可见岘山是襄阳的文化圣地，闻名古今。

刘过的这首词，借文物古迹抒情，借前人事迹明志，也表达了对时事的感慨。刘过的一生都不得志，他作为"辛派"诗人，同样具有辛弃疾、陆游、陈亮等人的爱国情怀和英雄气质。刘过仕途不顺，生活落魄，在那个文恬武嬉、萎靡动荡的时代，他所有的理想都被现实击碎，只能存在于心中，存在于作品的字里行间。

这也是文人的可悲之处，虽心系国家，却往往力不从心，又不忍心看着百姓在战火中苟延残喘地生活，情绪在心中起伏激荡，几乎要冲破胸膛。

词评家黄升曾评价他"其词多壮语，盖学稼轩者也"。稼轩是辛弃疾的名号，也有人说两人的风格并不完全一样，辛弃疾的作品"肝肠似火，色貌如花"，刘过的则"狂逸之中自饶俊致"。

宋宁宗嘉泰三年（1203），辛弃疾被任为知绍兴府兼浙东安抚使，得知刘过在杭州，便邀请他来做客，不巧，刘过因事无法赴约，于是，就仿效稼轩体创作了这首《沁园春·斗酒彘肩》，并注明"寄辛承旨"以作答复：

斗酒彘肩，风雨渡江，岂不快哉！被香山居士，约林和靖，与坡仙老，驾勒吾回。坡谓西湖，正如西子，浓抹淡妆临镜台。二公者，皆掉头不顾，只管衔杯。

白云天竺去来，图画里、峥嵘楼观开。爱东西双涧，纵横水绕；两峰南北，高下云堆。逋曰不然，暗香浮动，争似孤山先探梅。须晴去，访稼轩未晚，且此徘徊。

　　开篇即展开丰富的想象，他打算带着酒肉，冒着风雨渡过钱塘江，赶往绍兴府与辛弃疾相聚。在此，他引用《史记·项羽本纪》中"彘肩斗酒"的典故：樊哙在鸿门宴上一口气喝了一斗酒，吃了一只整猪腿。凭仗着他的神力与胆气，保护刘邦平安脱险。刘过以樊哙这位莽汉自喻，展现了他英雄豪迈的气概。

　　刚要出发之时，就被白居易、林逋、苏轼强拉了回来。曾任职杭州的苏东坡说，西湖就像西施，或浓妆或淡妆自照于镜台。林逋、白居易两人都置之不理，自顾自地接连喝酒。

　　这时，在杭州做郡守的白居易说，到灵隐寺旁的天竺山去吧，那里的风景如画卷，寺庙巍峨，流光溢彩。最让人怜爱的是东西二溪纵横交错，南北两峰高低错落，白云霭霭。

隐居于西湖孤山的林逋说，并非如此，梅花的馨香幽幽飘来，怎比得上先到孤山探访香梅之海？最后，刘过决定等到雨过天晴再去拜访稼轩也不迟，暂且徘徊于西湖的美景中吧。

白居易、林逋、苏轼这三位文学家虽然不是生长在同一个年代，但却都与杭州有着特殊的渊源。作者巧妙地使风景与名人相辅相成，相得益彰，跨越了时间和空间的界限，将他们相聚在一起。

从词中可知他不能及时赴约的原委，也领略了他过人的文采和想象力。

作为刘过的自度曲，以"西吴曲"为词牌的传世作品不多，名篇更少，最有名的就数他的《西吴曲·怀襄阳》，阴郁苍凉，独树一帜。词中的襄阳，如今仍旧繁华。

襄阳是中国历史文化名城，早在六十万年前，人类就在这一方土地上繁衍生息。

襄阳踞汉水中游，东西交汇、南北贯通，"汉晋以来，代为重镇"，是汉水流域最重要的城市。特殊的地理位置，使襄阳成为历史上的区域性经济、政治、文化中心，素有"华夏第一城池""七省通衢""中原门户""天下腰膂"之称，是楚文化、汉文化、三国文化的主要发源地。这里诞生了汉光武帝刘秀，隐居过三国时期的诸葛亮，发生了卞和献玉、三顾茅庐、司马荐贤等历史事件，流传了"下里巴人""阳春白雪""曲高和寡"等典故。

襄阳既是群雄逐鹿的古战场，也是历史文人骚客荟萃之地。据史料记载，历史上曾有一百余次有名的战争发生在襄阳，使"铁打襄阳"之称名噪海内外。白起、关羽、岳飞、李自成等曾在襄阳城鏖战。诗词烂漫之城，半部唐诗在襄阳，王维、孟浩然、李白、杜甫、皮日休等文化名人诗作璀璨。杜甫诗中有："即从巴峡穿巫峡，便下襄阳向洛阳。"

作为历史积淀出的古城，千百年后襄阳依旧吸引着四方来客，人们来此感受中国历史的传承，感受时间流逝的痕迹，欣赏文人雅士曾经目睹过的自然风光和名胜古迹。

被称为"智者的摇篮，三分天下的策源地"的古隆中，为纪念"建安七子"的王粲所修建的仲宣楼，被誉为"中国郊野园林第一家"的"习家池"……一幅幅美景，讲述了一段段历史故事。

故事停驻在过去，却给人们留下一份最珍贵的回忆，等待着一段缘分和相遇。那便是抛却浮光掠影，吟诵宋时风雨，和襄阳城一起，置身此时此刻，体会那时风景。

第四章

美景江畔

滕王阁·正槛外、楚山云涨，楚江涛作

湖光山色，亭台楼阁，向来都是词人作品中的"常客"，许多诗词因景致而著名，许多景观也因诗词而名扬天下。

江西南昌的滕王阁、湖南岳阳的岳阳楼和湖北武汉的黄鹤楼被并称"江南三大名楼"，自古以来，就是文人雅士、风流才子、英雄豪杰会聚之所，名篇名句层出不穷。

古人热衷于修建楼阁，是因为在古代，无论是宗教派别，还是皇室贵族，都将名山名楼视为尊贵的象征，它们代表着神圣，代表着权力，也代表着尊严和身份。

坐落在江西省赣江之滨的滕王阁，因唐代诗人王勃的诗句"落霞与孤鹜齐飞，秋水共长天一色"而扬名天下，流芳千古，而关于滕王阁的诗词数量众多，不乏经典之作。

登高望远，文人在此抒发心中沉积许久的情感，仿佛站得越高，可以将这苦闷送得越远，《满江红·豫章滕王阁》是南宋人吴潜所作，抒发了他当时的悲凉之感。

　　万里西风，吹我上、滕王高阁。正槛外、楚山云涨，楚江涛作。何处征帆木末去，有时野鸟沙边落。近帘钩、暮雨掩空来，今犹昨。

秋渐紧，添离索。天正远，伤飘泊。叹十年心
事，休休莫莫。岁月无多人易老，乾坤虽大愁难着。向
黄昏、断送客魂消，城头角。

　　这吹过万里的西风，将"我"吹上滕王高阁。这让人想
到王勃与滕王阁的传说。在王勃前往南昌的途中，水神曾经
以神风相助，让他乘着神风就可以一天行进四百余里之多。
所谓"时来风送滕王阁"，如今"我"也犹如有神相助，它
吹"我"上滕王阁。

　　站在高处，居高临下，凭栏远望，感受眼前的景色，那
西山（楚山）高处的云层涌动，时涨时落，赣江（楚江）的
波涛翻滚，不停不歇，让人心潮澎湃，激荡难平。

　　远处江中出征的帆船像行驶在树梢上一般，野鸟有时就
停落在沙边，不知站在这里凝望了多久，暮时风雨吹进帘
来，顿时感受到雨的气息，今天的经历仿佛和昨天一样。

　　诗中处处可见与《滕王阁序》的呼应，"画栋朝飞南浦
云，珠帘暮卷西山雨"，精心雕画的栋梁在晨光中被南浦的
白云缭绕着，彩色的珠帘在暮霭中卷走西山的雨滴，当吴潜
也站在滕王阁上，竟与王勃一般，遇到了这里的雨，不禁慨
叹这跨越时间的"缘分"。

　　王勃的《滕王阁序》原题为《秋日登洪府滕王阁饯别
序》，文中不但描绘了滕王阁流光溢彩的秋景图，还将离别
的伤感之情嫁接在壮美秀丽的景色上，因景生情，独辟蹊
径，因而也留下许多经典词句："潦水尽而寒潭清，烟光凝
而暮山紫""老当益壮，宁移白首之心？穷且益坚，不坠青

云之志"……

虽然吴潜在词中并没有描写当时的心情,但在字里行间仍让人感受到了那份隐隐的凄凉,这也是词人的巧妙之处,不说悲凉却更悲。

秋意渐深,增加了许多萧瑟之情,前途茫茫,正道沧桑,只感伤漂泊的心无处安放。只是想到这十年来的心事,罢了罢了,不堪回首。时光流逝,岁月无多,人是如此容易苍老。天下如此之大,乾坤浩瀚无边,但依然放不下心中的"愁"。

临近黄昏,城头的号角已经吹响,缥缈的号角声丝丝入耳,勾起了这位"迁客骚人"无尽的愁思,随着这悠远的声音飘荡在山涧湖面,在秋雨的黄昏显得越发凄凉。

吴潜,字毅夫,宁宗嘉定十年(1217)举进士第一,曾为参知政事,拜右丞相兼枢密使,封崇国公。后被贾似道等人排挤,罢相,谪建昌军。

创作这首词时,吴潜已经年过半百,"十年心事"正是他仕途黯淡的一段时间,他曾在嘉定十一年(1218)前在南昌任职江西转运副使兼知隆兴府,此后起起落落,事业坎坷,有近六年的时间处于罢退的状态,后复职,但不到半年又被降职调往他处。

春夏复职,七月便遭罢免,吴潜心愤难平,却也无可奈何。当时其兄吴渊在南昌任职,这首词应该是当时吴潜遭罢免之后,改任福建安抚使时,路过南昌所作。

如今再游滕王阁,难免愁绪在心,两次到此,却是物是人非。这十年是他历经沧桑的人生阶段,如今年过半百的他自感老矣，能有作为的日子所剩无多，壮志难酬。在复职之初，他连连上奏，将内忧外患悉数记录在内，一心牵挂江山社稷，希望君王可以整顿朝政，但不料很快被谪迁。往事不堪回首，面对此情此景，吴潜只能将思绪寄情于词。

眼前的山水是他唯一的陪伴，也正因为是独自前往，他更专心于眼前的景色：远处的船帆野鸟、近处的珠帘栋梁，就这样忘记了时间。世间的局势变化万千，十年之间便可翻天覆地，而这滕王阁却久久不变，它似乎代表着变化中的永恒，也像是一个守护者，在这赣江之滨，记录着此处发生的故事。

每个时代的作品风格有着很大区别，当时的社会背景是影响它的主要因素之一。南北宋时期，江山多战乱，当权之人排挤忠良志士，让众多有才学有抱负的忠臣遭遇不公平待遇，所以这个时代的作品多是这些人对政权、对不公的愤怒，也有对国家未来的担忧，这是时代的悲哀。

太平盛世，人们游山玩水，寄情诗词，所以作品多轻松、美好，同一处滕王阁，不同两朝文人的心境。十年宦海浮沉，冷却了多少激情，淡忘了多少梦想，流年似水，来日无多，百姓却依然在战火和重负中挣扎，"百无一用是书生"，吴潜已经不再期望太多。

滕王阁的经历也如吴潜的经历般坎坷不平。它始建于唐高宗永徽四年（653），因唐太宗李世民的弟弟——李元婴始建得名，他曾被封于山东滕州，史称滕王。历史上滕王阁先后共重建二十九次，屡毁屡建。

滕王阁本是李元婴在山东滕州建筑的一处阁楼，后他被调任至江南洪州（今江西南昌），于是又建筑一处楼阁，仍命名"滕王阁"，此处便是后来人们所熟知的滕王阁。他虽品行不端，但精通歌舞，善画蝴蝶，颇有艺术情怀，所以滕王阁也经过精心设计，由他亲自督建，选址也很有讲究，在赣江边上修建，视野开阔，景色雅致。

眼前的景色在暮色中渐渐隐去身影，只留下深沉的轮廓，还有悠扬的号角声，岁月易老，人心已倦。

有人评价，是滕王阁让南昌更负盛名，而这些经典的诗词犹如锦上添花，让滕王阁的名声传遍大江南北，吸引更多人来一睹其壮观，忆古思今。

如今，这耸立于赣江之滨的滕王阁主体建筑五十七点五米，主阁采用"明三暗七"的格式，从外面看是三层带回廊的建筑，但走进去会发现实际上内部是七层。

仿宋的建筑，背城临江，瑰丽奇特，十分有气势。琉璃绿瓦，鎏金重檐，雕梁画栋，古朴高雅。王勃的佳句"落霞与孤鹜齐飞，秋水共长天一色"作为楹联挂在主楼入口，二楼有《人杰图——江西历史名图卷》，描绘了八十位江西籍名人，包括陶渊明、欧阳修、王安石、汤显祖等，是了解江西人文历史名人的好途径。三楼有汤显祖著名戏剧的壁画，包括最著名的《牡丹亭》《邯郸记》等，四楼对应的有《地灵图》。楼内文化氛围浓厚，每层楼都有一个主题，展现了滕王阁的历史和南昌文化。

滕王阁于我们而言不仅是一种人文风光，更像是一个进行古今对话的场所，也许只有置身其中，才能更近距离聆听古意、品味心声。

铅山鹅湖·牛栏西畔有桑麻

　　提到宋词，人们皆知有两个派别，即以李清照、李煜、欧阳修、柳永等人为代表的婉约派，和以辛弃疾、范仲淹、苏轼、岳飞为代表的豪放派。

　　辛弃疾的词作传世众多，在南宋词坛三分天下有其一，也被称为稼轩词派。辛弃疾成为这个词派的"主帅"，陈亮、刘过则为两名大将，韩元吉、陆游则为同盟军。

　　他的作品有着强烈的爱国情感，热情洋溢、慷慨悲壮，笔力雄厚，他始终把为国雪耻、收复失地作为毕生追求，在他的文字中可以真切地感受到那强烈的情绪。有人说他与陆游神似，但他却不似陆游追求格式严正的七律诗歌，而是将精力投入形式多样、自由流畅的"词"中。

　　但辛弃疾的词并不限制于爱国情怀，许多其他内容的作品也很精彩，他关注政治，分析哲理，也不乏兄弟友情、男女爱恋的作品，还有许多关于民俗风情、田园生活之作。

　　《鹧鸪天·游鹅湖醉书酒家壁》便是他的田园词作，描绘了一幅恬静清幽的图画，这里就是他向往的朴实农家生活。

春入平原荠菜花，新耕雨后落群鸦。多情白发春
无奈，晚日青帘酒易赊。

闲意态，细生涯。牛栏西畔有桑麻。青裙缟袂谁
家女，去趁蚕生看外家。

鹅湖地处江西上饶的铅山县，在《铅山县志》中记载：
"鹅湖山在县东北，周回四十余里。其影入于县南西湖，诸
峰联络，若狮象犀猊，最高者峰顶三峰挺秀。"《鄱阳记》
云："山上有湖多生荷，故名荷湖。"东晋人龚氏住在铅山
上养鹅，两只鹅孕育了数百只小鹅，等到羽翼丰满时飞至湖
中，于是将此湖更名为鹅湖。宋孝宗淳熙二年（1175），朱
熹与吕祖谦、陆九渊兄弟讲学于鹅湖寺，后人立为四贤堂。
淳祐年间，赐额"文宗书院"。明正德年间，将四贤堂徙于
山巅，改名为"鹅湖书院"，此为鹅湖之来历。

辛弃疾描绘的是一幅春天的鹅湖画面，春天来临，平原
之上，一切显得恬静又充满无限生机，白色的荠菜花开满了
整片田野。土地刚刚耕好，恰逢春雨到来，一群乌鸦落在新
翻的土地上，来回觅食。这些画面仿佛突然间消失了，那
些美丽的春天景象仿佛失去了色彩，心中的愁绪染白了耳
边的鬓发。心情沉闷无奈，只好趁着暮色到小酒馆去，借酒
消愁。

古时候，小酒馆门口挂的幌子，多是由青色的布做成
的，所以青帘被用来代指酒馆，在唐人郑谷诗中有："白鸟
窥鱼网，青帘认酒家。"

在这里，村民们生活悠然自得，井然有序，神态安然，

牛栏附近的空地上被种满了桑和麻。春季的播种即将要开始，农忙的时节马上就要到来，不知那是谁家的年轻女子，穿着白色的衣裳，青色的裙子，赶在农忙之前的闲暇时光回娘家去。

古代女子的穿着与家境有关，贫困人家的女子穿衣主要是青色、素色，所以青裙缟袂便是农妇、贫苦人家女子的代名词。苏轼也曾在《于潜女》中写道："青裙缟袂于潜女，两足如霜不穿屦。"

在这首词中，没有山河湖泊，也没有战场厮杀，只有田间山野的几处"小"风景，辛弃疾借景抒情，描述着农家恬静的自然生活，描述着春天来到人间的细微痕迹，描述着山野开满野花的景色。

词人手中握着的笔，虽在写着词句，却似描绘一幅生动的画，他善于发现细节之处，从细枝末节窥探整个春天的景色，但面对这样的景色，他并不能完全融入这份美好。

本来安静祥和的场景戛然而止，随着辛弃疾心情陡然间变化，美好就此停止。这是一种晦涩的情感，即使再美的景色也无法掩盖心中的愁绪，色彩斑斓的外界融化不了他灰暗低落的心，短暂的忘记之后是更长久的回忆。

在这低落的情绪中，似乎只有喝酒可以解忧愁，在这偏远的田园处，小酒馆赊酒都很方便，是所有想借酒消愁人的好去处。

此时，辛弃疾处于罢官落职期间，不得不退居田园生活。但他的年纪还不老，正值壮年，还有一腔报国热血仍在沸腾，怎能安心生活在这山野幽静之处！

如果可以选择，他一定去边境战场，在那里"指点江山，金戈铁马"，但现实却不遂心愿，而且残酷至极，夕阳下，酒馆显得悲凉，还有那浇不灭愁绪的黄酒。

如果辛弃疾还是个少年，那他定当隐忍等待，把眼前的低潮视为崛起的前奏，但他已经步入中年，如此"安逸"地消耗生命，他还能等到光明到来的那一天吗？

即便有再多愤慨和不愿，现实就是现实，是无形的捆绑，让人挣脱不开，即使他百般不愿在这里，但又无计可施，只能继续这悠闲的生活。

他写村民，写农忙，写村妇，却没有再写萦绕他的愁绪，这是多么无助，让他面对着满眼的桑和麻，道不出一个"苦"字。

如果国家安定，百姓富足，边疆平稳，辛弃疾对着如此场景会怡然自得，泰然处之，有谁不喜欢这安静美好的生活？只是心中还有不能放下的事，还有生活在水深火热中的边民，还有战场上拼命厮杀的战士，还有朝廷之上的当道奸臣，他怎能忘却这些事，若无其事地享受生活？

罢官之后，他也有机会生活在繁华之地，但那里的喧嚣他早已看透，与繁华之地相比，田园也有可取之处，他可以有大把的时间安静独处，可以与诗词为伴，纵情文字史书之中，如此便是不幸中的大幸。

春天代表着希望，代表着新的生命的开始，代表着一个新循环的启动，但这些喜悦都没有感染到孤寂的词人，他的心中依旧是寒冷的季节。

在众多优秀的传世作品中，这首田园风景的小词并不出众，却将他的心思隐匿其中，这便是安静的力量，有时大声宣泄不如沉默更有力量。

田园越是悠闲，心中越是忧郁，这种强烈的对比写出了词人的挣扎，在现实与理想中的拼命挣扎，为诗词赋予了生命。

鹅湖与辛弃疾之间有着奇妙的缘分，《鹧鸪天·鹅湖归病起作》是他谪居鹅湖，大病初愈后创作的，同样借景抒情，巧妙运用典故抒发对被迫害的不满，还有对仕途、未来的无力。

> 枕簟溪堂冷欲秋，断云依水晚来收。红莲相倚浑如醉，白鸟无言定自愁。
>
> 书咄咄，且休休。一丘一壑也风流。不知筋力衰多少，但觉新来懒上楼。

大病初愈的"我"，静静躺在竹席之上，浮云顺着水悠悠飘着，黄昏的暮色将它们渐渐收起。红艳艳的莲花相互依靠，宛如喝醉了酒的姑娘，有着雪白羽毛的水鸟独自在一旁安静发愁。

与其像殷浩一样朝天空书写"咄咄怪事"发泄怒气，不如像司空图寻觅美好的山林安闲隐居，一座山丘，一条谷壑，都是风流潇洒的象征，不知而今衰损了多少精力，连上楼都无心无力。

红莲、白鸟，都是这鹅湖的景致，这一次，鸟儿也被愁白了头。醉了的红莲，白了头的鸟，还有大病初愈的辛弃疾，道尽了人世间的抑郁之情。

东晋名将殷浩在被流放后隐居十年，整天用手写着"咄咄怪事"四字，被比作管仲、诸葛亮，但其实却是可怜的牺牲品。晚唐诗人司空图处在黄巢起义和唐王朝行将覆灭的时代，在历史的大动荡中，他没有勇气面对现实，就采取避世隐退的人生态度。辛弃疾通过这两个人的遭遇来表明自己的人生态度。

看似他已经看透了之前的苦闷，决心"接受"这份怡然自得的田园生活，其实不然，"烈士暮年，壮心不已"才是他心底的话。

罢官之后，辛弃疾到过许多地方，鹅湖山、灵山等地留下了他的印记，鹅湖山下的鹅湖寺，因著名的"鹅湖之会"而扬名，成为当时的文化圣地。

南宋孝宗淳熙二年（1175），朱熹、陆九渊、陆九龄讲学论辩于鹅湖书院，史称"鹅湖之会"，也称"千古一辩"。此讲开创了书院会讲之先河。当时朱熹住过的古寺，被称为"鹅湖书院"，成为教书育人的圣地。

淳熙十五年（1188）秋天，陈亮写信给辛弃疾和朱熹，相约到铅山商讨统一大计。朱熹因故推辞，没有赴约，但辛弃疾与陈亮的相会成为第二次"鹅湖之会"。

之后，辛弃疾经历了官场的起伏辗转，几次被起用，又几次罢官，最终在宁宗开禧三年（1207），病逝在铅山，鹅湖也成为他最后的归宿。《稼轩集》中与铅山相关或作于铅山的词作超过二百首。

伴着诗中的田园风光，伴着那牛栏外的桑、麻，伴着那水中如有醉态的莲花，辛弃疾长眠在了瓢泉。瓢泉这个名字也是辛弃疾取的，在《铅山县志》中记载："瓢泉，在县东二十五里，泉为辛弃疾所得，因而名之。其一规圆如臼，其一规直若瓢。周围皆石径，广四尺许，水从半山喷下，流入臼中，而后入瓢，其水澄可鉴。"

从那时起，一个隐秘于山中的小泉与这位"纵横六合，扫空万古"的词人有了永远的缘分，他的墓就在瓢泉西侧的阳原山半山腰上。这座名不见经传的小山，也因为辛弃疾的墓而闻名。

从此，铅山是人们追忆辛弃疾的圣地，不为景色，只为那赤诚的灵魂和诗词中的才气。

赣江·夜雨翻江春浦涨

　　山水万物，皆有灵性，人们喜爱亲近自然，在宁静中感受生命的律动，在起伏中感受灵魂的安定。

　　在江西省境内，有一条长江的支流，它源起赣闽边界的武夷山西麓，自南向北贯穿江西，名贯古今的滕王阁就修建在赣江东岸。

　　一方水土养一方人，人们也将家乡的江河称为"母亲河"，只要江河还在流淌，它就在滋养这片土地上的所有生命，赣江便是江西的母亲河，浩浩荡荡，蜿蜒曲折，承载着江西的历史。

　　江西出过许多历史名人，也吸引过无数名人雅士、铁马英雄到此，古往今来，沧桑巨变，只有山河如故，时间只是微妙的一瞬，"青山遮不住，毕竟东流去"。

　　江西的历史，江西的文化，不论是哪种属性，也不论是何种颜色，都从这里开始，从赣江起源。它所流经的山川、城市都成为历代文人创作的源泉。

　　南宋词人范成大创作的《满江红·清江风帆甚快作此与客剧饮歌之》就是描写赣江景观的一首作品。

千古东流，声卷地，云涛如屋。横浩渺、樯竿十丈，不胜帆腹。夜雨翻江春浦涨，船头鼓急风初熟。似当年、呼禹乱黄川，飞梭速。

击楫誓、空警俗。休拊髀，都生肉。任炎天冰海，一杯相属。荻笋蒌芽新入馔，弦凤吹能翻曲。笑人间、何处似尊前，添银烛。

此词作于宋孝宗乾道八年（1172）春，当时他与朋友泛舟宴饮于清江之上，江上风急，有感而发创作的这首词。清江即赣江。

江水滔滔，风高浪急，滚滚东流去，千古不变，浪涛翻滚，发出巨大的涛声，如席卷地，翻腾起的波浪犹如涌起的房屋，层层叠叠地摞在一起。江水浩渺广阔，无边无际，十丈高的危樯，也承受不了北风吹得张开的帆腹。他借用苏轼《八月七日初入赣过惶恐滩》中的诗句"长风送客添帆腹，积雨浮舟减石鳞"形容船帆受风吹后，宛如鼓起的大肚子一般。

春雨在夜色中到来，水位不断升高，浪也越来越大，风向刚定，便命人击鼓开船。"风初熟"出自苏轼的《金山梦中作》："夜半潮来风又熟，卧吹箫管到扬州。"意指风起之处，方向不定，待到风向不再更改转变，便是风熟之时。

借着风力，船速飞快，就像当年出使金国时，追着大禹的足迹，以飞梭一般的速度横渡黄河一般。

自宋高宗绍兴二十四年（1154）入进士，范成大初授户曹，后又任监和剂局、处州知府等职，他一直尽忠职守，以国家安危为己任。

乾道六年（1170），宋孝宗欲派使臣出使金国索求北宋诸帝陵寝之地，并请更定受书之仪。群臣都明白，此行充满凶险，等同于羊入虎口，凶多吉少。一时间，文武官员，无人敢领命，

身为读书人的范成大，此时挺身而出，慨然受命。临行前，范成大被任命为起居郎、代理资政殿大学士、丹阳郡开国公，充任祈请国信使。宋孝宗害怕惹恼金国，只在国书上写了索求北宋诸帝陵寝之地的请求，却没有写更定受书之仪的请求。范成大请求并载受书一事，孝宗不许。

当时金国的迎接使者仰慕范成大的名声，效仿他在头上戴巾帻，以示崇敬。

三个月后，范成大安全返回，金国只允许南宋奉迁陵寝，同意归还钦宗梓宫。

虽然此次出使未能达到预期目的，但范成大凭借胆识，入虎狼之穴而据理力争，保全气节，一介文弱书生，使金国上下都为之震撼，着实让天下人佩服。

这一次出使金国，让他感触很深，还把自己当时的所见所闻写进了《揽辔录》一书中，另外还写下了无数的诗。他所要表达的正是希望南宋的朝廷可以振作起来，去收复北方失去的土地。

如今的他伴着这赣江震耳的风，与友人饮酒船上，再回忆起这段经历，不免感慨。曾经的轰轰烈烈，变成今日词作中淡淡的一笔；曾经的范成大可以为国家而"战"，如今只能对着江水感叹报国无门，用词句寄托此刻理想无望实现的悲愤。

时代赋予忠臣太多无奈，在言论还不自由的时代，诗词成

为情感宣泄的出口，借酒抒怀，一篇篇经典成为时代的产物。

词中的"击楫誓"在《晋书》中记载：祖逖渡江北伐符秦，中流击楫而誓曰："不能复中原而复济者，有如大江。"立下誓言，收复失地，统一国家，这是古往今来所有爱国人士的期望。

"休拊髀，都生肉"是三国时期的典故。根据《三国志》记载：刘备寄栖刘表幕下，一次入厕，则大腿（髀）肉生，慨然流涕。备曰："吾常身不离鞍，髀肉皆消。今不复骑，髀里肉生。日月若驰，老将至矣。而功名不建，是以悲耳。"曾经在战马之上驰骋疆场，如今长久投闲置散，再无施展胸怀战略的机会，功名不就，过往如消散的云烟，在历史的长河中一去不复返，怎能让人不感叹。

两则典故也表露了他的心声，此时的他因政见不合，受到朝廷冷落，放逐他乡为官，曾经的报国理想渐渐无望，眼前的光明越来越远，留下的只有深深的绝望和愤慨。

理想无望，壮志难酬，成为众多爱国忠臣的统一归宿，范成大似乎看透了这一切，为臣者，以君上之令为天，无论让他去多么偏远、艰苦的地方为官，他都接受。

做一个潇洒风流的人，"任炎天冰海，一杯相属"，无论是刀山火海，还是山间江上，只要有手中的这杯酒，还有身边的三五知己，人生畅快不过如此，不再要求更多。品尝着新鲜的果蔬佳肴，听着美妙的音律之音，何等洒脱，何等惬意！

就在此时此刻，人间还有什么事比把酒尊前、吟诗作赋更让人欣喜？他似那看透尘世的妙人，再多的无奈都没有办法去解决，索性就让它随着赣江的波涛远去。

范成大晚年隐居在故乡石湖，最终抱憾离世。他的诗词自成一家，少年时从江西派入手，后认真研学中、晚唐诗。白居易、王建、张籍等人的新乐府的现实精神吸引他，对他后来的作品风格有很大影响。

范成大的作品中以田园生活类尤为出色。他与陆游、杨万里、尤袤齐名，并称"南宋四大家"，钱锺书先生曾在《宋词选注》中评价他"算得中国古代田园诗的集大成者"。

在赣江，辛弃疾也曾作《菩萨蛮·书江西造口壁》表达心声：

郁孤台下清江水，中间多少行人泪。西北望长安，可怜无数山。

青山遮不住，毕竟东流去。江晚正愁余，山深闻鹧鸪。

郁孤台下滔滔的赣江水，不知有多少行人的眼泪。眺望西北的长安，却只能看到无数的青山。青山怎能把江水挡住？这江水是一定要向东流去的。夕阳下的词人满怀惆怅，陪伴他的只有深山里传来的鹧鸪啼鸣声。他的思绪犹如赣江水的波澜一般起伏不平，心中也是无尽深沉的爱国之情，与范成大的心事如出一辙。

赣江水中，承载了一辈辈人的故事，寄托了无数人的心事，经过千百年的流淌，依然守护着这片土地，滋润沿河的青山，养育了庐陵文化。

第五章

吴韵汉风

南京·登临送目，正故国晚秋

　　每一首词，都是一个独立的世界，是每个词人某一时刻真实的内心投影。只言片语，却能描绘出一个完整的画面，某个灵动的字便是一个故事，某个美妙的词就是一个传说。

　　浩瀚的长江从南京穿城而过，众多的江流构成了南京的天然屏障，滔滔不绝的江水孕育了南京的古老文明。南京在历史上先后有金陵、秣陵、建业、集庆、江宁等称呼。

　　作为一座拥有六千年历史的城市，这里发生了太多故事，有过太多传说。这里是中华文明的重要发祥地，有着深厚的文化底蕴和丰富的历史遗存。

　　公元229年，吴大帝孙权在此处建都，改"秣陵"为"建业"。从此以后，东晋，南朝宋、齐、梁、陈相继在此处建都，所以得名"六朝古都"。

　　六朝时期的南京是当时世界上最大的城市，也是世界上第一个人口超百万的城市，无论经济还是文化都十分繁荣。到了隋唐时期，南京的经济、文化不断发展强大，吸引了大批文人，如李白、刘禹锡、杜牧、李商隐等，都在此生活、游览过。到了五代十国时期，南唐在金陵建都，改金陵府为江宁府。宋元时期的南京是东南地区的经济重镇，宋高宗赵构改江宁府为建康府。

在众多名人中，与南京最有渊源的当数北宋政治家、文学家王安石，他先后在南京住了二十多个年头。他在金陵两度守孝，三次以宰相之位担任江宁知府，并定居、终老在此。金陵是他第二个故乡，他对金陵的喜欢，不仅表现在他生活在南京时间之久，还表现在他以金陵地方风物为抒写对象的大量诗歌作品上，据悉，有三百首之多。

公元1067年，四十六岁的王安石担任江宁知府，来到了古都金陵城。

他登高望远，看到这里的山水景色。想到在这座古城里，多少朝代都曾经在此地建都，又有多少朝代在此灭亡。千古兴亡多少事？时光悠悠。独特的历史厚重感和沧桑感给了他更多的感悟，不禁创作了这首千古名篇《桂枝香·金陵怀古》：

> 登临送目，正故国晚秋，天气初肃。千里澄江似练，翠峰如簇。征帆去棹残阳里，背西风，酒旗斜矗。彩舟云淡，星河鹭起，画图难足。
>
> 念往昔，繁华竞逐，叹门外楼头，悲恨相续。千古凭高对此，谩嗟荣辱。六朝旧事随流水，但寒烟衰草凝绿。至今商女，时时犹唱，后庭遗曲。

登上高楼，送目远眺，曾经的都城——金陵正是晚秋时节，天气在慢慢变得晴朗肃爽。长江之水，奔流千里，日夜不息，宛如白绢一般澄清明净，远处青翠的山峰也攒聚在了一起，宛如一束束的箭镞。

斜阳里的船只，来来往往不驻留，鼓鼓的船帆带着小船快速疾驰，向着夕阳的方向前进。西风吹来，将那斜斜立着的酒旗吹得飞舞翻转。远处的彩船仿佛行驶在天边，停在朵朵白云之中，白鹭纷纷从天河飞起，如此美妙的景色，就算是丹青高手也很难画出。

想当年，脚下的金陵城何等繁华，引得人们频繁往来，竞相追逐。可悲可叹的是，有人兵临城下，有人醉饮楼头，六朝更迭的时间里，发生了多少让人悲恨伤心的旧事，从未停止。

千百年后，有幸来到此地，对着眼前的景象，叹息曾经的盛衰荣辱，六朝期间发生的所有事都成为往日云烟，只留下冷烟衰草，凝成了一片绿色。到如今，唱歌为生的女子还不知亡国之恨为何物，只是吟唱着那支名为《后庭花》的曲子。

王安石鲜有词作，但偶然为之，却成佳品。

词中那澄清的江水，碧绿的山峰，远征的船帆，翻滚的酒旗，还有那仿佛在天际的彩色船，远远飞起的一群白鹭，这点点滴滴汇聚成了一幅灵动的画面，让人仿佛身临其境。望着眼前一片祥和美好的景象，王安石却回想到这里曾经上演的骄奢淫逸的生活，也许千百年前的人们也站在这里，眺望着远处的景色，山河只是微变，周遭却早已物是人非。

他由感怀六朝兴亡，联想到当下的局势，居安思危。不知今朝的人们是否有忧患意识，遥想当年，陈后主的悲剧让人痛心，兵临城下，他却还与一众嫔妃寻欢作乐。

杜牧的《台城曲》中有："门外韩擒虎，楼头张丽华"，由此而来的"门外楼头"，隋文帝大将韩擒虎已经从朱雀门攻入了金陵城，陈后主与宠妃张丽华还在结绮楼上寻欢作乐，乐队演奏的《玉树后庭花》，成为后来人们口中的亡国之音。

思古明今，回想当年六朝君主犹如流星般闪过，在历史的长卷中只留下短暂的身影，就随着国家灭亡消失在岁月中。曾经的王朝早已没有痕迹，留下的只有几缕已经冷却的烟雾，还有一片深绿色的衰草而已。

历史中许多事情让人们去反思，提醒人们不要在安逸中失去危机意识，六朝已经成为过去，但他们经历的事却实在不应该再发生，只是不知这段历史，还有几个人记得。

"一洗五代旧习"（刘熙载《艺概》卷四）是王安石提出的文学主张，王安石说："古之歌者，皆先为词，后有声，故曰'诗言志，歌永言，声依永，律和声'。如今先撰腔子，后填词，却是'永依声'也。"

在此之前，人们惯称"词本倚声"，但王安石不满足于只把词当倚声之作，虽然这在当时不被人们所接受，但却为苏轼等其他人的"慷慨之词"做了铺垫，让它们有机会被更多人所知。

王安石的词作有别于之前其他北宋词人关于悲欢离合、喜怒哀乐的作品，他不只关注个人，更是心系国家安危、民族命运，通过词作表达对国家前途的担忧。

借"玉树后庭花"之事讽今的早在杜牧的诗作《泊秦淮》中就出现过："烟笼寒水月笼沙，夜泊秦淮近酒家。商女不知亡国恨，隔江犹唱后庭花。"他在词中也借六朝之事，讥讽晚唐的政治，当时群臣多沉迷于酒色，过着纸醉金迷的奢靡生活，杜牧认为，如果朝廷官员继续这样，便会步陈后主后尘。卖唱歌女唱着《玉树后庭花》，但却不知这首歌是"亡国之音"，如此情形是多么可悲、可笑、可叹。

如今王安石再写"后庭遗曲"，同样是为国担忧，不同时代的"商女"，却同样吟唱亡国之音，他并不责怪商女不了解这首《玉树后庭花》，而是为那些当权王贵可悲，"花开花落不长久，落红满地归寂中"。如此下去，国家便如这花一般，命不久矣，终会归于沉寂。

想要国运昌盛，必须做出改变，这也是王安石作此词的最终目的，他希望能够点醒那些沉迷于奢靡生活的人们早点醒悟，应该富国强兵，为国家的强盛而努力。也正是因为他的"居安思危"的理念，曾在朝中大力推行变法，但因守旧派的反对，曾被罢相，后又经历再起用、再罢免。

虽然他一直为自己的"革命理想"而努力，但最后因为保守派得势，新法终被废除，王安石带着"革命遗志"病逝于钟山（南京），赠太傅。

王安石不单在政治上有自己创新的想法，也曾潜心研究经学，著书立说，被誉为"通儒"。他的存在，促进了宋代疑经变古学风的形成。他用"五行说"阐述宇宙的生成过程，从哲学的角度发展了中国古代朴素唯物主义思想。除了写词，他的散文也论点鲜明，逻辑严谨，极具说服力；短文也因简洁精悍，名列"唐宋八大家"。

王安石有《王临川集》《临川集拾遗》等作品传世。在词史上，王安石的作品不多，相关评论也不算多，但他的《桂枝香》却得到了极高的评价。杨湜《古今词话》载："金陵怀古，诸公寄调于《桂枝香》者三十余家，独介甫最为绝唱。东坡见之叹曰：'此老乃野狐精也！'"

王安石一生与金陵有着解不开的缘分，最终也陨落在这个繁华的古城，成为这座城市夜空中的一颗星，而金陵城依然矗立在那里，迎着朝阳，周而复始，成为一些人的故乡，也成为一些人的回忆。

镇江·江左占形胜，最数古徐州

地灵人杰、物华天宝，从古至今，人们坚信好的水土可以孕育出更杰出的人才和更美妙的风景。

康熙年间《镇江府志》云："镇江山川奇丽，甲于江左，诸名胜诗文最足相副。"如此壮观雄奇的城市，古往今来都是文人墨客的钟爱之地。有人是专程前来感受这里的祥瑞灵秀之气，也有人是为官经过，被眼前的景色所感染，留下了经典的传世之作。

山与水，是一个城市的灵魂，登高凭吊，望江兴叹，已经成为唐诗宋词不可或缺的一部分。陆游的《水调歌头·多景楼》就是他为官镇江时登高远眺之作。

江左占形胜，最数古徐州。连山如画，佳处缥渺著危楼。鼓角临风悲壮，烽火连空明灭，往事忆孙刘。千里曜戈甲，万灶宿貔貅。

露沾草，风落木，岁方秋。使君宏放，谈笑洗尽古今愁。不见襄阳登览，磨灭游人无数，遗恨黯难收。叔子独千载，名与汉江流。

多景楼位于镇江北固山上的甘露寺内，它是一栋画梁飞檐的楼阁，与湖北黄鹤楼、湖南岳阳楼并称长江中下游的三座名楼。在宋元时期这里为文人雅士所热衷，他们常常聚集于此，吟诗作赋，对酒当歌。在这僻静隐秘之所，孕育了许多著名的诗篇，《水调歌头·多景楼》便是其一。

　　孝宗隆兴二年（1164）十月，四十岁的陆游出任镇江府通判，当时镇江为江防前线，金兵盘踞淮北，时局紧张。他陪同知镇江府事方滋登楼游宴时，内心感叹而写下此词赋。

　　"江左"是当时对长江下游地区的称呼，即江苏省等地。"徐州"是指今日的镇江。

　　从江左到徐州，从群山到北固，从景色着笔，陆游将广阔的视角与当下的局势结合在一起，站在高高的多景楼上，远近景色尽收眼底，颇有指点江山之感。美好的山河成为保护百姓的屏障，但仍不知未来的局势会向什么方向发展，陆游依然忧心忡忡。鼓声、风声，声声入耳，仿佛战争就在眼前发生，烽火从未熄灭，也代表着征战的危险从未停止，从高处望去，战场的整个场景摆在眼前，刺痛了陆游的爱国之心。遥想三国时期，孙权、刘备这般风云人物，带领数万战士征战曹操，场景何其壮观。当战士们整顿休憩时，连炊灶都连成一片。战士们铁骨铮铮，意气风发，身上的铠甲迎着太阳反射出金色的光彩。陆游用两个细微的点，便勾勒出整个孙权、刘备军队的气势，让遥远的场景变得鲜活起来。

　　露珠晶莹地结在草叶尖上，风吹动树上的黄叶，发出沙沙的声音，此刻已经进入金秋时节。历史终归是过去的事，人们只能用想象来拉近距离，相见而不得见，让陆游有了一些伤感。国家已处于危难之中，我辈岂能贪生怕死？要效仿孙权、刘备等人，意气风发，保家卫国，他将心事与同游的方滋共享。

"襄阳遗恨"是指当年，羊祜立志灭吴，但却未能在生前亲手完成克敌的大业，"人事有代谢，往来成古今。江山留胜迹，我辈复登临。水落鱼梁浅，天寒梦泽深。羊公碑尚在，读罢泪沾襟。"这是唐代诗人孟浩然所作的一首诗，也是关于羊祜留下的遗恨之词，悲壮、悲切，令人动容。

作为西晋的开国功臣，官至征南大将军，著名的政治家、军事家和文学家，羊祜历经汉、魏两个朝代。他为伐吴，上奏晋武帝《请伐吴表》，晋武帝被恳切的言辞感动，接纳了羊祜的建议。但遗憾的是朝中许多人不同意羊祜的想法，羊祜叹道："天下不如意，恒十居七八，固有当断不断。天与不取，岂非更事者恨于后时哉！"不久之后，羊祜抱病而亡，留下无尽的遗憾给后人评说。

羊祜曾镇守襄阳十余年。在这十年里，羊祜一方面屯田兴学，以德怀柔，深得军民之心；一方面缮甲训卒，广为戎备，做好了伐吴的军事和物资准备。此处陆游借羊祜劝勉方滋，希望他也能如羊祜一般，为抗击敌人做好准备，建立可以流传千古的功勋。

陆游出生的时候正是北宋濒临灭亡之时，所以他从小就有忧国忧民的思想，国家兴亡之事也深深植入他的脑海。

宋高宗时，陆游参加礼部考试，但因受到秦桧排挤，仕途道路并不顺畅。后宋孝宗即位，陆游才被赐进士，但因为坚持抗金的政治理念，一直遭受到"主和派"的排斥。后来他奉诏入蜀。宋光宗继位后，陆游升为礼部郎中，他依旧力主北伐，但还是做不到圆滑，其言论依旧不被皇帝喜爱，于是上任不久，就因"嘲咏风月"罢官归乡。

就这样陆游在宦海浮浮沉沉中过了一生。他才学过人，笔耕不辍，在诗文上享有很高成就，他的作品风格平易晓畅、章法整饬谨严。有人评价他，既有李白豪迈奔放的风格，又有杜甫忧郁悲凉的气质。他将气吞山河的爱国精神悉数记录，成为后世宝贵的文化遗产。

虽然陆游只记录了一时的兴衰起伏，却似在讲千百年来的兴亡之事。后人张孝祥将这篇词作刻在了山石上，以作感怀。

镇江古时也叫京口，是长江上的一座重镇，也是南京的门户。历史上，孙权曾定都于此，南朝宋刘裕也曾经在这里开启北伐之旅。镇江也是一座拥有三千年历史的文化古城，素有"天下第一江山"的美称。

在南宋之前，京口几乎没什么怀古诗词，但是到了南宋的时候，长江以北已经沦落敌手，镇江成为边境防守的重镇。因此，饱含爱国理想的南宋词人，在登临这个天下第一江山的时候，自然百感交集，留下一首首怀古词作。

宋宁宗嘉泰四年（1204），辛弃疾任镇江知府。来到这个历史上英雄辈出的地方，他在登临京口（镇江）北固亭时，也被眼前的景色吸引，有感而发创作《南乡子·登京口北固亭有怀》。

何处望神州？满眼风光北固楼。千古兴亡多少事？悠悠。不尽长江滚滚流。

　　年少万兜鍪，坐断东南战未休。天下英雄谁敌
手？曹刘。生子当如孙仲谋。

　　他站在北固楼上，看着满眼的好风光，想到了国家兴亡
的大事，不知道那多如繁星的历史往事，是不是如同没有尽
头的长江一般滚滚不息。

　　他也想到孙权在年轻时，作为三军统帅，占据东南，坚
持抗战，从未向敌人低头屈服，天下谁还是孙权的敌手呢？
恐怕只有曹操和刘备才算，难怪曹操曾说："要是能有个如
孙权那般的儿子就好了！"

　　陆游与辛弃疾的两首词作有着共同之处，他们都是站在镇
江这块土地之上，也同样是登高远眺，他们满怀爱国之情。

　　对于三国那段往事，陆游与辛弃疾同样印象深刻。孙权
年少成名，手握重权，为了国家征战南北，力克敌军。当今
王朝遭受金人威胁，有孙权、刘备般的勇猛之士出现，成为
他们共同的愿望。

　　如今的镇江，已经没有了外敌威胁，但连绵的江山依
旧，多景楼也依然矗立在山巅，俯视着神州之景。人们再登
高眺望，也许不会想到三国的战事，也不会想到宋金的过
往，但人们会感受到历史留下的神韵，渗透在这片景色的每
一个角落，凝望着后来人。

扬州·二十四桥仍在，波心荡、冷月无声

在文学历史的长河中，一首首宋词犹如一颗颗闪亮的明珠，闪烁着独属于它们的光彩。宋词超脱了唐诗格式上的禁锢，成为自由舒展的精灵，肆意挥洒着情感。

在遥远的年代，伴着音律娓娓道出的词句，成为人们表达所思所想的方式，在旋律中抑扬顿挫，丰富了贫瘠的文化生活。文人雅士以词会友，即使从未谋面，也可因为一首词惺惺相惜，拉近彼此心灵的距离，有时这种认同甚至超过时间的跨度。

年轻的文人饱读诗书，在词中经常会引用前人或好友的经典词句，成就一场跨越时空的聚会，为后人带来一场文学盛宴。

扬州这个名字，最早出现在《尚书·禹贡》中，时天下分九州，扬州便是其中之一，意为"州界多水，水波扬也"。唐宋时期，扬州十分繁华，昌盛之势可以与京城长安、汴京相媲美，它特有的南方温婉的气息让人流连忘返，吸引了众多文人墨客、才子学士前来，一醉在它的"温柔"中。

扬州崇文尚教，文化氛围浓郁，市井文化繁荣，"霜落寒空月上楼，月中歌唱满扬州""天下三分明月夜，二分无

赖是扬州"都是讲述当时扬州繁华的情形。它有着天然的地理优势，自古水路畅通，来往商贾众多，所以经济繁荣。但唐朝后期时，政权腐朽，扬州经历了六七年的战乱纷争，破损严重。

淳熙三年（1176），姜夔二十余岁时，路过扬州，目睹了战争带给此处的萧条败落之景，不由得发出感叹创作了这首《扬州慢·淮左名都》，以寄托对昔日扬州繁华的怀念和对山河破败的哀思。

> 淳熙丙申至日，予过维扬。夜雪初霁，荠麦弥望。入其城，则四顾萧条，寒水自碧，暮色渐起，戍角悲吟。予怀怆然，感慨今昔，因自度此曲。千岩老人以为有"黍离"之悲也。
>
> 淮左名都，竹西佳处，解鞍少驻初程。过春风十里，尽荠麦青青。自胡马窥江去后，废池乔木，犹厌言兵。渐黄昏，清角吹寒，都在空城。
>
> 杜郎俊赏，算而今、重到须惊。纵豆蔻词工，青楼梦好，难赋深情。二十四桥仍在，波心荡、冷月无声。念桥边红药，年年知为谁生。

《扬州慢·淮左名都》在回忆昔日扬州的繁荣景象中，感怀当下的荒凉。在淳熙三年（1176），也是词中所提及的淳熙丙申年的冬至这一天，姜夔经过扬州（维扬）。这一夜的风雪过去，终于迎来晴朗的天气，放眼望去，全部都是荠草和麦子。进入扬州城，顾看四周，一片萧条景象，河水凄冷碧绿，天色渐渐暗去，黄昏即将来临，城中响起了悲鸣般的军营号角声。词人心中感到一阵悲凉，不禁感慨过去的繁荣与今日的萧条，无限惆怅难以平复，所以自创了这支曲子，千岩老人认为这首词有《黍离》的悲凉意蕴在其中。

千岩老人是指南宋诗人萧德藻，字东夫，自号千岩老人。姜夔在此前曾跟随他学习诗词，后来成为他的侄女婿，将他视为文学上的一位恩师、长辈。《黍离》是《诗经·王风》中的篇名，采于民间，是周代社会生活中的歌谣。

"黍离，闵宗周也。周大夫行役，至于宗周，过故宗庙宫室，尽为禾黍。闵周室之颠覆，彷徨不忍去，而作是诗也。"相传，周平王东迁之后，周大夫曾经过西周的故都，看到曾经的繁华城市变成如今的萧条景象，宗庙损毁，尽为禾黍，他心感悲凉，彷徨不肯离去，所以作了此诗。萧德藻将《扬州慢·淮左名都》与名篇《黍离》相较，表示对这首词的肯定。

淮左名都，即扬州，在宋朝时期，设有淮南东路和淮南西路，而扬州是淮南东路的首府，在古代，地理上常以东为左。

在竹西亭美好的住处，解下马鞍，稍作停留，这里便是最初的路程。曾经的此处，如十里春风般，一派繁荣昌盛的景象，而如今视野里却只有茅草、麦子的一片青青绿色。自从金兵来犯长江，两次洗劫了扬州城。他们离开之后，这里变成了荒废的池台，残存的古树也被砍伐，至今还讨厌说起旧日用兵之事。天色渐渐黄昏，清冷凄凉的号角声又响起，这些都是在叙述扬州城的遭遇。

"春风十里"出自杜牧名诗《赠别》："春风十里扬州

路，卷上珠帘总不如。"杜牧曾在唐文宗大和七年（833）
到九年（835）间，被淮南节度使牛僧孺授予推官一职，后
转为掌书记，居住在扬州，与此地有一段不解的缘分，创作
了若干有关扬州的经典诗作。如果才华卓越的杜牧看到此时
的扬州城，一定会大失所望，他怎会料想到昔日令人流连忘
返的扬州城会有今日的景象。杜牧在《赠别》中写"娉娉袅
袅十三余，豆蔻梢头二月初"；又在《遣怀》中有"十年一
觉扬州梦，赢得青楼薄幸名"。即使"豆蔻"词语精工，青
楼美梦的诗意再好，也很难表达出他对此处的深厚感情。
二十四桥仍然还在，但桥下江中的波涛荡漾，凄冷的月色寂
静无声。多么怀念桥边的红芍药，它们究竟是为谁而年年开
放呢？

　　姜夔在一首词中多次提及杜牧的诗词，可见对他的才学
十分敬仰，对他的诗作也很熟悉，在杜牧的诗中，扬州城
美不胜收，繁花似锦，但姜夔看到的却与杜牧看到的大相
径庭。

　　这二十四桥，是扬州城内的古桥，也叫吴家砖桥，因
桥边盛开扬州繁华时期的名花——红芍药花，也有人称其
红药桥。杜牧在《寄扬州韩绰判官》中有写："青山隐隐
水迢迢，秋尽江南草未凋。二十四桥明月夜，玉人何处教
吹箫？"

　　唐诗宋词中的"二十四桥"是一个谜，有人说二十四桥
只是一座桥，也有人说真的有二十四座桥，还有人说杜牧喜
欢用数字作诗，而他写的"二十四桥"是指扬州城小桥众
多而已。关于"二十四桥"还有一个美丽的传说。相传唐

时，有人在一个月光如水、清风徐徐的夜晚，在扬州城看到二十四位风姿绰约的仙女，身披羽纱，酥手托箫，演奏着缥缈的音乐走上一座小桥。所以杜牧才有此描写，不过这是一个没有答案的疑惑。

姜夔看到，曾经的"春风十里"和如今的"废池乔木"，已是截然不同的两种景象，因遭受了战争而大改模样，如今，城中是何等荒芜。纵然像杜牧这样的俊才，面对此般景象，相信也无法写出昔日的那些深情款款的诗词来。

四周万籁俱寂，只有荡漾的水波陪伴着凄冷的二十四桥，桥边的芍药依然在生长、开放，但却没有能欣赏它的人，它又能为谁绽放它的美呢？

姜夔，字尧章，号白石道人，是南宋著名的文学家、音乐家。他少年贫寒，孤独无依，多次参加科考，却屡试不第，终身未仕。他一生行走于江湖之中，靠着卖字和朋友接济为生。

他多才多艺，可谓是真正的风流才子。他精通音律，能自度曲，这首《扬州慢》便是姜夔的自度曲，也叫《郎州慢》，后人多用它抒发怀古之思。姜夔的词涉猎广泛，感时、抒怀、咏物、叹情、游记、节序、酬赠等，都是他诗词中的内容，游走于江湖也成就了他不平凡的一生，即使漂泊无依，但他也一直秉持一颗爱国之心，不忘君国。他一生漂泊，并无官衔在身，更不能像岳飞那般带兵杀敌，保家卫国。他只能站在普通百姓的角度，讲述战火洗劫后的这座城。

张炎曾在《词源》中评价："白石词疏影、暗香、扬州慢、一萼红、琵琶仙、探春、八归、淡黄柳等曲，不惟清空，又且骚雅，读之使人神观飞越。"

　　扬州，是一座被唐诗宋词浸润过的城市，似乎没有哪一座城市能如扬州这般，让一代又一代的文人杰客为之倾慕，印下串串足迹之余也留下了无数刻画这座城市的千古名句。

　　提及扬州，不能不说西湖。瘦西湖是扬州的象征，融合南秀北雄为一身，所以它是不能错过的美景。它的美在蜿蜒曲折中，犹如曼妙玲珑的淑女。一泓曲水，宛如飘带，湖面时窄时宽，颇有韵律，两岸树木林立，建筑古朴典雅，行在其中，宛如置身画卷。瘦西湖上小桥众多，且各有风情，以五亭桥最有南方特色，如果在满月之时游览，便能在十五个桥洞中看到每个洞都有一轮圆月的景象。泛舟湖上，感受瘦西湖别样的秀美风情，感受江南美景独有的美好，这本身就充满诗意。

　　今日的扬州，早已告别曾经的荒芜，重新成为一座充满魅力的南方城市，虽经历沧海桑田，旧景大部分已经不复存在，但它却依然保存着它的温柔和曼妙，犹如一个温婉的少女，浅浅含笑，等待每个懂她的人到来。

苏州·宫里吴王沉醉

五千年的历史，犹如一本厚厚的书籍，记录了每个时代的兴亡交替，贤者会时常翻阅品读，在曾经的点点滴滴中寻找规律，为自己所使用，这便是历史存在的最大意义。

思古而明今，是古人常用的自省方式，历史总是惊人地相似，即便人物、环境完全更改，事情的发展也总是巧合，在先人的"前车之鉴"中行走，可以少走许多弯路，也可以避免许多错路，所以，无论是君王还是官员，都须通晓历史，将祖先前辈的经验变为心头的警示，时刻不敢忘怀。

以史为镜，可知兴替，引经据典，警示世人莫要重复前人的错误。

《八声甘州·灵岩陪庾幕诸公游》是南宋词人吴文英的一首怀古伤今之作，通过对吴宫古迹的凭吊，将吴越争霸的往事娓娓道来，从而，联想到当下宋朝国事，不禁发出慨叹。

> 渺空烟四远，是何年，青天坠长星？幻苍崖云树，名娃金屋，残霸宫城。箭径酸风射眼，腻水染花腥。时靸双鸳响，廊叶秋声。

宫里吴王沉醉，倩五湖倦客，独钓醒醒。问苍波无语，华发奈山青。水涵空、阑干高处，送乱鸦斜日落渔汀。连呼酒，上琴台去，秋与云平。

吴文英，字君特，号梦窗，有"词中李商隐"之称。他一生未考得功名，也无官职在身，充当幕僚终身，也旅居很多地方，凡是游踪所至，皆有题咏。有《梦窗词集》传世。

这首词是他在与幕友西宾共同游苏州灵岩山时所作。

站在这里，放眼望向四方，长空万里，缥缈虚空，云烟向四处飘散，似有似无，恍惚间不知今昔是何年何月，只看见青天坠下了彗星。幻化成眼前苍翠山崖，云树郁郁葱葱，幻化出春秋霸主吴王夫差已经残破的宫城，美人西施便在此"金屋藏娇"，取名馆娃宫。

灵岩山前的采香径笔直如一支弓箭，山上凛冽的秋风透着寒意，刺得人眼睛酸痛。流水也被污染，漂着当年美人化妆时使用的脂粉，连岸边的花也因这流水染上了腥味。耳边似乎传来阵阵清脆的声响，不知是美人穿着木屐行走在响廊上的余音阵阵，还是风吹动了廊侧的秋叶发出的瑟瑟之声。

在曾经的宫殿里，吴王沉醉于酒色，将亡国之事变成后人的笑柄，只有头脑清醒的范蠡，独自在太湖上垂钓，功成身退，隐于江湖。不禁想向苍茫的波涛发问，到底是谁在掌控着历史的兴衰、时代的更替？波涛只是自顾自地翻涌，并不回答。

满头的白发都是这无边无际的苦闷所致，而这周围的青山仿佛无情一般，始终是翠绿山青，毫无改变。滔滔的江水浩瀚无边，呼应着广阔无垠的天空，登高凭栏，极目远眺，看到几只乱飞的乌鸦，在天边的夕阳映衬下拍打着翅膀，还有远处余晖照映下的凄冷洲汀。连连呼唤把酒端来，登上琴台，去欣赏满眼的秋色与云霄齐平的景象吧！

词中游览的灵岩山位于苏州西南的木渎灵岩山，因为灵岩塔前有一块"灵芝石"十分有名，因此得名。山顶是灵岩寺，即吴王"馆娃宫"的旧址。当时吴王夫差为了宠幸西施，在灵岩山上为她建造行宫，铜钩玉槛，奢侈无比。吴人称美女为娃，故名"馆娃宫"。公元前473年，越王勾践从水路攻进吴国，把这富丽堂皇的馆娃宫焚之一炬，烧成断壁残垣。东晋时有人在灵岩山吴宫遗址修建别业。后舍宅为寺，南朝梁天监二年（503）扩建为寺院，名"秀峰寺"。到了唐代，改称"灵岩寺"。

这灵岩山上始终存留着吴王的遗迹，包括吴王井、梳妆台、玩花池、玩月池等。因史迹众多，许多文人到此都留下了诗词作品，唐代诗人刘禹锡曾作："宫馆贮娇娃，当时意大夸。艳倾吴国尽，笑入楚王家。"

还有传说，这灵岩山是天上彗星坠落而形成，即词中"青天坠长星"所指。

词中引用了许多典故和史实，其中"金屋藏娇"是指汉武帝为胶东王时，曾对姑母说："若得阿娇，当作金屋贮之也。"如果能娶到表姐陈阿娇做妻子，会造一个金屋子给她住。这里是说吴王夫差建造馆娃宫，也是"金屋藏娇"之意，即将越王勾践献来的西施安置在此。

"箭径"，是馆娃宫附近的采香径，在《苏州府志》中记载："采香径在香山之旁，小溪也。吴王种香于香山，使美人泛舟于溪水采香。今自灵岩山望之，一水直如矢，故俗名箭径。"宋人杨备有诗名为《采香径》："馆娃南面即香山，画舸争浮日往还。翠盖风翻红袖影，芙蓉一路照波间。""酸风"，即寒风。引用李贺的《金铜仙人辞汉歌》："魏官牵牛指千里，东关酸风射眸子。"

"残霸"二字，几乎讲尽了吴王夫差一生的起伏，他曾先后破越败齐，争霸中原。春秋吴越夫椒一战，越国大败，越王勾践向吴王夫差乞降。大夫伍子胥曾劝吴王夫差"杀掉越王勾践，以绝后患"，但吴王并没采纳，而是听从被越王买通的奸臣的建议，让越王勾践夫妇和越国大夫范蠡在姑苏虎丘为夫差养马。

这个决定也改变了吴王夫差的一生，越王勾践卧薪尝胆，励精图治，渐渐将已经败落的越国再次发展起来，范蠡得知吴王好色，特送上美人西施，上演了一场名震古今的"美人计"，虽大臣伍子胥识破越王勾践的用意，曾苦心劝谏，但吴王充耳不闻。

馆娃宫建成后，吴王还在周围修建了许多游玩享乐的去处，采香径便是其中之一，除此之外，他还命人在地上凿出一个大坑，将大缸放进坑中，在上面铺上木板，取名"响屐廊"，好让西施穿着木屐在上面跳舞时发出咚咚的声音。《吴郡志·古迹》："响屐廊在灵岩山寺，相传吴王令西施辈步屐。廊虚而响，故名。"

如此挖空心思地讨好，让吴王夫差很快沉迷在美色中，荒废了朝政，最终越王勾践征讨吴国，吴王夫差大败，落得身亡国灭，刚刚开始的霸业也就此终止，沦为一纸笑谈。

吴文英一生流寓各地，以苏、杭二地为最久，特别是苏州，共居十年左右。在苏州生活的那些年，美女、良朋，给他留下了无数幸福、愉快的回忆。

他的词存世数量颇多，仅次于辛弃疾。但词风却不如辛弃疾、陆游般慷慨激昂，而是多了一丝婉转哀怨，带给人们的是消极的伤感，还有对人世沧桑的感叹。作为南宋的一位奇才雅士，他一生在政治上不得志，最终只能将满腹经纶寄于词曲。《八声甘州·灵岩陪庾幕诸公游》便是其中一篇，南宋政权飘摇不定，他既不能上朝议政，也不能上阵杀敌，只能依靠写景咏物，思古伤今，表达心中激荡的爱国之情。

苏州是一座文化富有的城市，从古到今，有大量吟咏苏州的诗词。古人写苏州，无非两大类：一是叹历史，苏州因为西施和吴王的红粉悲剧而闻名，也最适合怀古；二是写美景，姑苏美丽的风光，属于秀美江南的代表，是令古今之人流连忘返的原因。

一首词，一座城。在人文气息馥郁的苏州，多少文人墨客徜徉山水之间，留下诗篇歌咏抒怀！品诗词，若饮醇醪，不觉自醉。

徐州·燕子楼空，佳人何在

柔情似水，佳期如梦。古往今来才子独爱佳人，英雄难过美人关，不知有多少旷世名篇都是为佳人而作，有多少画家独爱描绘美人的风姿，有多少传说是关于刻骨铭心的爱情。

那些让人们为之动容的爱情故事，即使过了千百年，依然会被人们传颂，只因人与人的情感虽看不见、摸不到，却是最为深刻的东西。人们在这些爱情传说中汲取勇敢和力量，去面对现实世界的冷酷和孤独。

《永遇乐·彭城夜宿燕子楼》是苏轼的词作，是一首记梦词，写于宋神宗元丰元年（1078）。这一年，苏轼任徐州知州，在此之前，他曾在杭州、密州等地任职，后因不满王安石变法，心中充满愤慨，又逢仕途辗转，在十月的一个夜晚，苏轼夜宿燕子楼，心中难掩孤寂之情，又做了一个缠绵悱恻的梦，梦中便是燕子楼曾经的主人——盼盼，一代佳人的故事吸引了苏轼，醒来之后，似乎想通了一些事，于是有了这首意味深长的词作。

彭城夜宿燕子楼，梦盼盼，因作此词。

明月如霜，好风如水，清景无限。曲港跳鱼，圆荷泻露，寂寞无人见。纨如三鼓，铿然一叶，黯黯梦云惊断。夜茫茫，重寻无处，觉来小园行遍。

天涯倦客，山中归路，望断故园心眼。燕子楼空，佳人何在，空锁楼中燕。古今如梦，何曾梦觉，但有旧欢新怨。异时对，黄楼夜景，为余浩叹。

词中描绘了一幅安静美好的画面，月光皎洁，像是给大地铺上了一层银霜，秋夜里的风如同小溪中的潺潺流水般清凉，沁人心脾，清秋夜景如此曼妙，在深夜中无限蔓延，让人沉醉不已。

弯弯曲曲的港湾有鱼儿跳出水面，圆圆的荷叶上有晶莹剔透的露珠儿在滚动，万籁俱寂，仿佛天地之间无人知晓。三更的鼓声响起，树上的树叶猛然间凋落在地上，发出清脆的声音。暗沉的梦被惊醒，梦中的夜梦神女朝云也随之消散。夜色茫茫，想要重新找回梦中的场景却已无法实现，只好走遍园中的所有小路，消散心中的惆怅。

辗转多地，客游天涯的生活让人感到疲惫和厌倦，看着那去往山中的归路，想要就此归隐山林，远离凡尘俗世的纷纷扰扰，但是故乡家园却那么遥远，让人望眼欲穿。燕子楼已经空空荡荡，佳人盼盼此时又在何处？楼中的画堂里只空留着那呢喃细语的双燕。古往今来多少年，万事都如梦境，到头来只是一场空而已，还有几人能从这梦中醒来？有的只是难了的旧欢和新怨，纠缠不断。后世之人，再次面对这黄楼夜景，一定会为"我"发出深深长叹！

徐州燕子楼，相传是在唐贞元年间，朝廷重臣武宁军节度使张愔镇守徐州时，在其府第中特为爱妾关盼盼建的一座小楼，因其飞檐挑角，形如飞燕，且年年春天南来燕子多栖息于此，因此得名。

"梦云"指美女，亦指幽会之事。苏轼引用宋玉《高唐赋》中楚王梦见神女："朝为行云，暮为行雨。"云，指关盼盼。她约生活于唐代贞元、元和年间，是一位能歌善舞、精通管弦、工诗擅词的才女。她出身寒微，生活无着，以为人唱歌为生。由于张愔同情她的遭遇，关心她的生活，珍视她的技艺，尊重她的人格，她视张愔为知己、知音，与他结为伉俪，成就一段佳话。

关盼盼姿色俏丽，品貌出众，谈吐不俗，惹人喜爱。贞元二十年（804），白居易在校书郎任上途经徐州，与张愔饮宴，宴席间张愔让盼盼来侍奉酒席。白居易当场写了两句诗赠给她："醉娇胜不得，风袅牡丹花。"在其《燕子楼三首》序中也有："徐州故尚书有爱妓曰盼盼，善歌舞，雅多风态。"

两年之后，张愔病逝徐州，她矢志不嫁，在燕子楼中度过了孤独、凄凉的后半生。

以梦为词，苏轼借秋夜一梦，写出了心中所思所想。在他描绘之下的燕子楼夜景，让人不禁神往。

清幽的梦境被惊醒，让苏轼怅然若失，对着如水的夜，他的思绪随着夜风绵延，"曲港跳鱼，圆荷泻露"，鱼儿向上跃出水面，荷叶的露珠随着叶茎向下滑落，那幅安静的夜景动了起来，错落有致，又意境深远，在静谧的夜中，和谐地存在着。

　　秋夜是美的，即使是从梦中惊醒，被这夜景吸引，但"寂寞无人见"，除了词人在这里，其他人却感受不到那份属于大自然的寂寞，这片宁静被鼓声、落叶声打断，将人从缥缈的思绪中拉回到现实。

　　梦虽美好，可一旦醒来，却再难寻找，梦中的佳人盼盼也很难再相见，即使走遍了园中的小路，也只寻到一片夜色茫茫。他是那样留恋梦境中的场景，才会如此失落、无助和彷徨。

　　这种无助是他现实生活的投影，苏轼早已厌倦四处做游子的生活，他渴望踏上山中归去的小路，回到心中想念的故乡。但是，故乡的家园在哪里？苏轼远望四周，故乡是那样遥远，脚下的路是那样漫长，归家是那样遥不可及，他是如此惆怅，在这秋日的夜风中发酵、扩散蔓延。

　　"天畔登楼眼，随春入故园。"苏轼想到了杜甫曾经的诗句，映衬了他此时心境。

　　此时，"燕子楼空"，盼盼佳人已经不在，多少发生在这里的缠绵悱恻都已烟消云散，消逝在时光中。苏轼想到，岂止是这眼前的燕子楼，万事不都是如此吗？无论怎样精彩，最终都会烟消云散。

　　苏轼联想到了《庄子·齐物论》的句子："方其梦也，不知其梦也，梦之中又占其梦焉，觉而后知其梦也。且有大觉而后知此其大梦也，而愚者自以为觉。"发出人生如梦的感叹。盼盼在燕子楼的旧欢新怨，苏轼的旧怨新欢，都是梦中的一瞬感受而已，身在其中并不明了，但梦醒之后，便会幡然醒悟，不过是一场梦境而已。

如果苦恼与困扰，能随着燕子楼一梦醒来而消散，那苏轼便能解脱，他渴望心灵能够摆脱束缚，得到灵魂的真正自由和解放。怎奈，一生须臾，荣枯无常，世事难料，"古今如梦，何曾梦觉"，可谓一唱三叹！

燕子楼因美人盼盼而被人熟知，关于它的诗词多达三十多首，而苏轼这篇《永遇乐》堪称经典。苏轼的"燕子楼空"让此处有了"空"的基调，后人作品也风格相似。

词中黄楼夜景，则是指徐州东门上的大楼。这座楼阁是苏轼在徐州任知州时建造的，是黄河决堤后洪水退去的纪念，也是苏轼为官一方的政绩象征。按金、木、水、火、土的五行学说，黄色为土，土当克水，此处也成为徐州人民抵御洪水的力量象征。苏轼的燕子楼之梦被惊醒，猜想后人看到黄楼的夜景会不会如他想到盼盼一般凭吊自己！

苏轼与徐州之间有着难解的缘分，这里不是他漂泊生涯的终结，元丰二年（1079）三月，苏轼由徐州调知湖州，再次踏上不知终点的征途，他十分留恋人杰地灵的徐州，还有他在这里度过的岁月，所以创作了《江城子·别徐州》：

> 天涯流落思无穷。既相逢，却匆匆。携手佳人，和泪折残红。为问东风余几许？春纵在，与谁同？
>
> 隋堤三月水溶溶。背归鸿，去吴中。回首彭城，清泗与淮通。欲寄相思千点泪，流不到，楚江东。

苏轼在这里做了两年知州，深受百姓爱戴。无论是云龙山，还是黄河古道，都有他的足迹。他在当地建苏堤，抗洪水，寻找石炭（煤炭），造福一方百姓。同时，写下一百七十多首关于徐州景物的词作，有《放鹤亭记》《登云龙山》《黄楼九日作》等。

如今的徐州还有许多与他相关的遗迹，除了黄楼，还有快哉亭、放鹤亭、东坡石床等，成为徐州历史的重要组成部分，也让人们更深刻地感受苏轼所处的那个遥远年代。

如今，这些地方游人如织，也是苏轼为徐州百姓留下的文化遗产。如果苏轼可以看到今日人们凭吊他，定会十分欣慰，曾经的付出得到回报，他的诗词也受到后人的追捧，人生如此足矣！

明·唐寅 《落霞孤鹜图》 上海博物馆藏

出峡巴舡险
行闲若坦航
细涂因不择
首渍遂成长
商贾凭波地士
人名利杨闹
中秀冰董忠
洗定月妙
壬午夏月
濂题

南宋·夏圭 《长江万里图》 台北故宫博物院藏

明·李流芳 《吴中十景图》 上海博物馆藏

明·李流芳 《吴中十景图》 上海博物馆藏

明·王谔 《江阁远眺图》 北京故宫博物院藏

五代·荆浩 《匡庐图》 台北故宫博物院藏

五代・巨然　《层岩丛树图》　台北故宫博物院藏

第六章

诗画江南

杭州·烟柳画桥，风帘翠幕

煮一碗茶，翻一本书，在茗香中感受文字的力量，透过一首首小词领略那个遥远时代的风情，虽然时间已过千百年，但文化的传承从未间断。

读万卷书，不如行万里路。在古代，交通不发达，人们了解另外一个城市多是通过诗词歌赋，优秀词人的作品可以将一个陌生的城市还原成一幅幅鲜活的画面，让人们如身临其境般，感受到词人眼中的那个世界。

杭州，自古就是富庶繁华之地，古往今来多少文人骚客在杭州留下诗词文赋！

宋之问的"楼观沧海日，门对浙江潮"，白居易的"江山与风月，最忆是杭州"，林升的"山外青山楼外楼，西湖歌舞几时休"，苏东坡的"淡妆浓抹总相宜"……有西湖的优美，有市井的繁华，有钱塘江潮的豪迈……林林总总，都从不同的侧面展现杭州之美！

宋人柳永的《望海潮》是其中最负盛名的一首，将杭州整个风貌淋漓尽致地展现开来。

东南形胜，三吴都会，钱塘自古繁华。烟柳画桥，风帘翠幕，参差十万人家。云树绕堤沙，怒涛卷霜雪，天堑无涯。市列珠玑，户盈罗绮，竞豪奢。

重湖叠巘清嘉，有三秋桂子，十里荷花。羌管弄晴，菱歌泛夜，嬉嬉钓叟莲娃。千骑拥高牙。乘醉听箫鼓，吟赏烟霞。异日图将好景，归去凤池夸。

杭州地理位置优越，有天然的优势，是"三吴"都会之处，即吴兴（今浙江湖州）、吴郡（今江苏苏州）、会稽（今浙江绍兴），风景优美，是天赐宝地，杭州自古便是繁华所在。

这里有被烟雾笼罩的朦朦胧胧的柳树，有彩绘精致的华美廊桥，遮风挡雨的帘子，青翠色的帐幕，城市中楼阁矗立，高高低低，有十万户的人家在这里生活。树木高耸，直插云霄，树木围绕着钱塘江的沙坝，澎湃的潮水卷起如霜雪一般白的浪花，钱塘江江面一望无际，仿佛直达天边。市场上的商品琳琅满目，品类繁多，摆满了各式各样的珍珠、宝石等珍贵的商品，家家户户都有用不完的绫罗绸缎，争相展现着奢华的生活。

里湖、外湖与重重叠叠的山岭相互辉映，展现出秀美的景色，在这秋季的九月里，桂花繁茂，荷花十里。在晴天时欢快地吹奏起羌笛，在夜晚划着小船行驶在平静的水面上，边采菱边愉快地歌唱，钓鱼的老翁和采莲的姑娘都喜笑颜开，一片和乐。

千百名骑兵簇拥着巡查归来的高官孙何，趁着微醺的酒意听着箫鼓管弦的演奏，吟诗作画，赞美眼前这片湖光山色，云烟落霞。他日一定要把这美好的景致描绘出来，等到升官回京时，向朝中的人们展示这美好的景象，好好夸一夸杭州。

人说，西湖是杭州的灵魂所在，任何时期都不乏关注，词中的"重湖"是指西湖中被白堤分割成的里湖和外湖，而"叠山"是指灵隐山、南屏山、慧日峰等众山组成的错落有致、重重叠叠的画面。在这山湖遥相呼应的画面中，柳永用了不同时节的两种花来描述西湖的景色。

夏季荷花和秋季桂花是西湖最有名的两种花，他将最美的风景凝结在一个画面中，为人们呈现了西湖最美的一面。在白居易《忆江南》中有："江南忆，最忆是杭州。山寺月中寻桂子，郡亭枕上看潮头。"杨万里的诗作《晓出净慈寺送林子方》中有："毕竟西湖六月中，风光不与四时同。接天莲叶无穷碧，映日荷花别样红。"由此可见，古人最爱用这两种花来形容西湖别致的景致。

词人柳永原名三变，字景庄，后改名为柳永，字耆卿，因家中排行老七，人们又称呼他为柳七，北宋著名词人，婉约派代表人物。他是第一位对宋词进行全面革新的词人，也是两宋词坛上创用词调最多的词人。

出身官宦人家的柳永，从小饱读诗书，带着一腔热血想要在官场上施展拳脚，不料造化弄人，科举屡次落榜。

真宗咸平五年（1002），柳永十八岁，他从家乡福建，来到钱塘，本是为赴京考试北上，却贪恋杭州风光好，沉醉于听歌买笑的都市繁华生活中。无论是白天还是晚上，西湖的湖面上总是飘荡优美的羌笛声，还有采菱姑娘的歌唱，他们生活得如此恬静、安乐，让漂泊的柳永心生羡慕，就这样在浑浑噩噩中度过了一年。

根据罗大经《鹤林玉露》记载，到了杭州之后，柳永开始四处寻找晋升的机会，得知老友孙何正在此处任两浙转运使，而此时柳永迫切需要有人在官场上拉他一把，给他提供一个施展拳脚的机会。

他想拜见孙何，向他表明自己的政治抱负，但孙何门禁森严，柳永是一介布衣，怎能随便见到转运使大人？无奈之下，柳永创作了这首《望海潮·东南形胜》，想找机会呈给孙何。于是，他找到杭州最有名的歌女，将这首新词托付给她，并嘱咐：如果孙何在宴席上请她唱歌，不要唱其他的，就唱这首新词。

如柳永所料，孙何果然多次设宴，皆请了这位歌女，歌女履行承诺，多次唱这首《望海潮·东南形胜》。孙何被这首词吸引，询问歌女如何得到的这首词，作者是谁。歌女回答：是你的老朋友柳三变所作。

孙何请柳永吃了一顿饭，便将他打发走了，更别说在仕途上给予他帮助了。所以《望海潮·东南形胜》算是一首"干谒词"。所谓"干谒词"是柳永的一类特殊作品，是他为了追求仕宦所做的一种大胆的尝试和积极的努力。虽然柳永的社会地位低微，但心中却十分渴求仕宦，这种矛盾让他幻想能够依靠擅长的词作来实现目的，而他也成为当时"干谒词"的第一人。

"望海潮"为柳永创作的词牌，最早出现在《乐章集》中。就词中内容来看，应是从"杭州是观潮之地"中取意的。虽然是出于某种目的的创作，《望海潮·东南形胜》依然是十分经典的宋词作品。它不但写出的杭州市场的繁荣、人们生活的富足，也写出了这个都市穷奢极欲的一面。

宋人吴自牧在《梦粱录》卷十九中评价：柳永咏钱塘词曰"参差十万人家"，此元丰前语也。自高庙车驾自建康幸杭驻跸，几近二百余年，户口蕃息，近百万余家。杭城之外城，南西东北，各数十里，人烟生聚，民物阜蕃，市井坊陌，铺席骈盛，数日经行不尽，各可比外路一州郡，足见杭城繁盛耳。

柳永用毕生精力作词，并以"白衣卿相"自诩，"黄金榜上。偶失龙头望。明代暂遗贤，如何向。未遂风云便，争不恣狂荡。何须论得丧。才子词人，自是白衣卿相"。在描绘城市风光、歌妓生活或羁旅行役方面尤为擅长，他用词颇缓，音律委婉，所以在民间广为流传，"凡有井水饮处，皆能歌柳词"。

与柳永大部分词的婉约纤艳的风格不同，这首《望海潮》大开大阖、直起直落，画面宏伟壮丽、气象万千，将杭州的山水名胜之美，都市繁华的热闹，百姓和平宁静的生活一一展现！

西湖的美景让人神往，即使是在古代交通不甚发达的情况下，依然吸引了四方来客，尤其是文人雅士的到来，都想要一睹西湖"美人"的真容。所以关于西湖的唐诗、宋词或者其他形式的文学作品数量众多。这些文字也成为人们穿越时空感受这份自然馈赠的途径。

辛弃疾的《念奴娇·西湖和人韵》中也有："晚风吹

雨，战新荷、声乱明珠苍璧。谁把香奁收宝镜，云锦红涵湖碧。飞鸟翻空，游鱼吹浪，惯趁笙歌席。"

词中描绘了雨打新荷之后的西湖的另一番新风情，在初夏的傍晚，顶风冒雨去游览西湖，游兴颇高，连雨声落在荷叶上都变得悦耳动听。雨过天晴后，红日西沉，漫天云霞都倒映在这一湖碧水中，相映成趣，鸟在天空飞翔，鱼在水中游荡，这鱼鸟早已习惯了与人共处，自顾自地嬉戏觅食，在这里，人与自然融洽相处，组成一个色彩鲜艳的和谐画面。

如今，杭州的美早已名传天下，吸引国内外游人无数，人们站在西湖边上，感受着千百年不变的西湖美景，感受南方景致的温婉柔和，当微风拂面，荷花阵阵清香飘过，时间仿佛已经停止，只留下如痴如醉的看客，在与浪漫共舞。

钱塘江·来疑沧海尽成空，万面鼓声中

　　江河湖海，皆是自然的慷慨馈赠，人们喜欢观赏风平浪静的湖面，希望能够带来内心的平静，也喜欢荷花、莲花竞相开放的美景，在湖光山色中尽享安乐祥和的生活。

　　人们同样喜欢宽阔的海面，一切烦恼仿佛能够随着海水漂向远方，内心得到释放，灵魂得到解脱，对着幽静的大海，人们惯于敞开胸怀，放开心中的执念，时间也随之慢下来，心灵似乎找到停泊的港湾，悠然自得。

　　钱塘江的潮举世闻名，它是激情的化身，如同人与自然达成的协议，每年到了固定的时候，它便会出现，几日之后便又归于平静，就在这短短的时间里，它刺激每一个观众的神经，人们无不被这强大的声势所折服。

　　风起之时，浪涛汹涌，江水便似换了一番模样，激昂的波涛犹如愤怒的战马，呼啸着奔向岸边，在天与地之间掀起高高的浪头，仿佛是上天在发怒，咆哮着施展威力。

　　钱塘江观潮的风俗古已有之，在汉、魏、六朝时期已经蔚成风气，唐、宋时期更为壮观。相传农历八月十八是潮神的生日，所以潮峰在这一天最高。钱江涌潮的潮头可达数米，声如雷鸣，排山倒海，万马奔腾一般，甚为壮观。苏轼有："八月十八潮，壮观天下无。"

钱塘江观潮讲究天时地利人和，要选择最佳的地点，在合适的时间，才能看到最"淋漓尽致"的钱江潮涌景观。

唐代不少大诗人专程去观赏钱塘江怒潮，留下了赞美的诗篇。孟浩然的"百里闻雷震，鸣弦暂辍弹""惊涛来似雪，一坐凛生寒"，让潮水的雄奇伟丽一下走到了我们眼前。李白的"海神东过恶风回，浪打天门石壁开。浙江八月何如此，涛如连山喷雪来"，尽显潮水激荡的宏阔之势。刘禹锡的"八月涛声吼地来，头高数丈触山回。须臾却入海门去，卷起沙堆似雪堆"，生动地描绘了潮涨时奔腾急湍，潮退时触山撞击的情形。而"郡亭枕上看潮头"则是白居易认为的"江南忆，最忆是杭州"的一则重要无比的缘由……

到了宋代，钱塘观潮之风更盛，弄潮活动更具规模。在南宋时期，朝廷规定这一天在钱塘江上校阅水师，后成为观潮节。在《酒泉子·长忆观潮》这首词中，潘阆对他观潮的回忆盛况展开描写。

长忆观潮，满郭人争江上望。来疑沧海尽成空，万面鼓声中。

弄潮儿向涛头立，手把红旗旗不湿。别来几向梦中看，梦觉尚心寒。

常常想起曾经在钱塘江观潮时的情境，满城的人们都争相来到江边，所有人都举目远眺。潮水来袭之时，就像要把这海中所有的海水倒空一般，浪涛向着人们的方向冲来，发出震天的声响，犹如万面战鼓一齐敲响似的。

浪涛中的弄潮健儿们，坚毅挺立在汹涌的浪头之上，手中紧紧握着的红旗迎风飞舞，却丝毫没有被水花打湿。归来之后，好几次梦到了曾经观潮的壮观场面，那震撼人心的场景如此真实，即使从梦中醒来，依然觉得心惊胆战，周身冰冷。

词中先写到，为了观潮，为了目睹这一年一度的壮观场面，人们几乎倾城而出，赶到岸边，还有外地闻名而来的人，在沿岸形成了人山人海之势。人们抢占有利的观潮位置，反映出当时人们对这件事的追捧，也说明钱塘江潮涌的场景多么吸引人。

人们在江边翘首以待，终于，浪潮出现在人们的视野。由远及近，白色的浪组成一道高墙，迎面而来，声势浩大，让人叹为观止。浪之大，让人怀疑是否是将大海的水都倒空，全都集中在高高的浪潮之中。浪大声更响，天地间渐渐响起轰隆隆的声音，声音越来越响，犹如上万面战鼓同时擂动，震天撼地。

从视觉到听觉，潘阆用两句词还原了曾经的钱塘江浪涌，即使从未目睹过的人，也能从中感受到它的气势，犹如身临其境一般。

如此景象，可谓天下壮观，人间少有。而弄潮儿的出现，让浪潮的画面更加丰富。几位身手不凡的弄潮儿出现在人们的视野当中，他们英勇无畏，以矫健的身姿挑战自然的权威。他们迎着江潮而去，任凭对方如何"强壮威武"，弄潮儿丝毫不畏惧，在惊涛骇浪之中穿梭，如履平地般轻松应对。

古代，人们称朝夕与潮水相伴、周旋的水手为弄潮儿，他们爱挑战，专门迎着风浪嬉戏，彰显他们身手灵活。唐人李益曾在《江南曲》中写道："嫁得瞿塘贾，朝朝误妾期。早知潮有信，嫁与弄潮儿。"

周密在《武林旧事》中记载：八月十五的钱塘大潮，吴地少年善游水者数百人，都披散着头发，身上刺满花纹，手持大旗，争先恐后，迎着潮头，在万丈波涛中出没腾飞，做出各种姿势，旗帜却一点儿没有沾湿。

即使面对如此强大的自然之力，这些"高人"依然可以从容驾驭，这是一种怎样的英勇无畏的精神，岸边的人不由自主地为这些踏浪翻波的弄潮儿齐声叫好。在巨大的浪潮前，他们不低头、不畏惧，迎浪而上，这就是"人定胜天"的体现。

当时，以卖药为生的潘阆，一路流浪到杭州，巧遇了钱塘江潮涌的景象，那滔天巨浪澎湃而至的场景给他留下了深刻的印象。在他离开后的时光里，多次在梦中重回那个场景，仿佛自己成为那群弄潮儿中的一员。梦里的他扎起头发，身着花纹，手里拿着象征吉祥如意的红旗，双眼紧盯迎面而来的巨浪……一次又一次经历那个惊心动魄的场面，也一次又一次被惊醒。

潘阆是宋代初期的著名文人，也是一位极富传奇色彩的人物。曾两次参与谋反，事败后假扮僧人脱逃，辗转到杭州、会稽卖药为生。最后得到宽释，还当了个小官。除此之外，潘阆的字也相当潇洒，一说潘阆字梦空，另一说字道遥，两个字都含有洒脱出尘的意味。潘阆性格乖张，但对诗歌创作却十分执着，在这方面很自负，他擅写诗文，其风格近似于孟郊、贾岛，于词作上的成就也颇为出色。他的诗词彰显个性，自然率直，潇洒奔放。

潘阆诗才不俗，世人虽对他的评价褒贬不一，但对他的诗词作品却多予好评。

当时，苏州才子许洞，恃才傲物，向来不喜与僧人、隐士之类的人交往，但他却与潘阆私交颇好，还为其作诗《赠潘阆》："潘逍遥，平生才气如天高。仰天大笑无所惧，天公嗔尔口呶呶。罚教临老投补衲，归中条。我愿中条山神镇长在，驱雷叱电依前赶出这老怪。"诗中，可见许洞对"老怪"才华的赞许和肯定，以及两人的深厚友谊。

黄静之在《酒泉子》词跋中云："潘阆，谪仙人也，放怀湖山，随意吟咏。词翰飘洒，非俗子可仰望。"看似随意吟诵之句，却潇洒风流，似仙人游荡至群山峻岭之间，举杯念山水。

他也曾在《叙吟》中说自己："高吟见太平，不耻老无成。发任茎茎白，诗须字字清。搜疑沧海竭，得恐鬼神惊。此外非头念，人间万事轻。"

这首词的词牌名应为"忆余杭"，是潘阆的自度曲，因忆西湖周边的诸多风景而作，故名"忆余杭"。后世，将其编入《酒泉子》，实误。苏轼非常欣赏，把词写在了云屏风之上，石曼卿也曾命人按照潘阆的词意作画。这组词现仅存十首，《长忆观潮》是其中最负盛名的一首。这首词在描写了钱塘江的雄伟壮观，慨叹大自然的磅礴之势的同时，也表达了人定胜天的信念，具有积极的人生意义。

关于观潮的壮观场景，有众多词作描述，每个词人用自己独特的视角，记录了这场自然"盛宴"。

例如，苏轼的《八月十五看潮五绝》中有："万人鼓噪慑吴侬，犹是浮江老阿童。欲识潮头高几许，越山浑在浪花中。"

又如，辛弃疾的《摸鱼儿·观潮上叶丞相》："望飞来、半空鸥鹭，须臾动地鼙鼓。截江组练驱山去，鏖战未收貔虎。朝又暮。诮惯得、吴儿不怕蛟龙怒。风波平步。看红旆惊飞，跳鱼直上，蹙踏浪花舞。"江涛疾进，伴随着轰鸣的响声，犹如千军万马一般席卷而来，势不可当。

钱塘江的浪潮每年都会如约而至，去钱塘江观潮也成为千百年流传下来的传统活动。中秋前后，人们便会从四面八方赶来，大家不再满足于从诗词中感受它的气势，而是渴望真正与它面对面，切身去体会大自然的力量。人们与上天之间的约定依然还在，这是自然的馈赠，让人们始终对它保持敬畏之心。

绍兴沈园·桃花落，闲池阁

　　人生，是一趟寻寻觅觅的旅程，寻找兴趣，寻找目标，寻找爱人……没有人能够知晓，在前方等待自己的究竟是什么，所以，人总是慨叹，为何人生不可回头！

　　有太多事，做错便无法挽回；有太多人，错过就是一生。多少痴男怨女在寻找的过程中失去了彼此，从此各自天涯，再不能相见。爱情，是从古至今最让人伤神的命题，多少人困在这两个字中，一困便是一生。

　　风流才子的爱情故事总是浓墨重彩，比平常人显得轰轰烈烈些。对于失去的感情也是格外痛心疾首，或许因为他们对待感情更加敏感、细致，善于感受点点滴滴的情绪，也因此才能创作出一首首精妙绝伦、沁人心脾的诗词，让人不知不觉沉陷其中，感同身受。

　　词人笔下的爱情缠绵悱恻，让人为之动容。南宋爱国诗人陆游的一生波折重重，他不但仕途坎坷，而且爱情也很不幸。在浙江的绍兴，有一座沈园，南宋时期那里叫作山阴。传说从前沈园的粉壁上曾题着两阕《钗头凤》，第一阕是陆游所写，第二阕是陆游的前妻唐婉所和。两词词牌名相同，虽非一人所作，却浸透着相同的思愁情怨。

红酥手，黄縢酒，满城春色宫墙柳。东风恶，欢情薄，一怀愁绪，几年离索。错，错，错！

春如旧，人空瘦，泪痕红浥鲛绡透。桃花落，闲池阁，山盟虽在，锦书难托。莫，莫，莫！

这首词是陆游表达真情实感的一个作品，幽婉的辞藻催人泪下，将他心中无限的怨恨愁苦悉数记录，如歌如泣。

红润酥腻的手中，捧着盛上倒满黄縢酒的杯子。整个城中都荡漾着春天的景色，但你却如宫墙中的绿柳一般，遥不可及。春风是这样可恶，两相欢喜的情分被它吹得如此稀薄。杯中满满的酒，就像装满了悲伤的情绪，自从离别后，几年的生活十分萧条，索然无味。错，错，错！

美丽的春色依然如往常，只是人却因为相思越来越消瘦。眼泪从脸上流过，洗去了脸上的胭脂色，也湿透了薄绸的手帕。院子里的桃花开始凋谢，纷纷落在空旷的池塘楼阁之上。曾发誓要永远相爱，那誓言还在，可是锦文书信却再难交予给你。莫，莫，莫！

陆游的原配夫人是同郡唐姓士族的一个大家闺秀唐氏，也有人说唐氏实则是陆游的表妹唐婉。两人情投意合，两情相悦，花前月下的日子里一对璧人借诗词互诉衷肠，俪影成双。于是陆家就以一只精美的家传凤钗作为信物，定下了唐家这门亲上加亲的婚事。

就这样，唐婉成了陆游的发妻。结婚之后，两人更是恩爱有加，如胶似漆，可谓是"伉俪相得""琴瑟甚和"，本是一对恩爱夫妻，可以相守到老，走过一生的。

陆游的母亲却有了意见，她认为陆游过度宠爱妻子，整日儿女情长，醉倒温柔乡不思进取，只会让他误了前程。而且，婚后三年也未有子嗣，所以陆母时常迁怒于唐氏。于是叫来陆游，强令他道："速修一纸休书，将唐婉休弃，否则老身与之同尽。"逼迫孝顺的儿子休妻。在这种情况下，夫妻二人共同生活了不到三年的时间，就在陆母的"施压"下分开，终走到了"执手相看泪眼"的地步。

　　陆游心中自然是万般不舍，他曾试图将唐婉安置到别处，金屋藏娇，但很快被陆母发现。为了彻底斩断了二人的来往，又命陆游娶王氏为妻。陆游无计可施，一对"神仙眷侣"就此分别。

　　唐氏改嫁给了"同郡宗子"赵士程。赵士程是个十分宽厚的读书人，对唐婉真心实意，二人生活也很幸福，而与陆游没有了联系。

　　男儿志在四方，陆游离开了家乡，追求自己的仕途。或许，只是想要逃离这个伤心的地方。独在异乡，漂泊十年。

　　在一个繁花渐醒的春天，三十一岁的陆游，回到了家中。在一个春日里，陆游在家附近的沈园，意外地遇见已嫁为人妻的唐婉，与之同行的还有其丈夫赵士程。

　　尽管两人中间隔着十年的悠悠光阴，但那份刻骨铭心的情缘始终留在他们情感世界的最深处。

　　陆游无限悲戚，唐婉亦是感慨万千、心绪不平。陆游暗自伤神之际，唐婉已设下酒宴，款待陆游。曾经的爱人，已经属于别人，悠悠光阴已逝，如今看到唐氏，陆游想起十年前两人在一起的时光，又想到人生就这样蹉跎，旧事重忆，悲戚难当，遂提笔在一堵粉墙上题写《钗头凤·红酥手》。

整首词都是在写他与唐氏的爱情悲剧。回想到与唐氏相伴之初，二人恩爱有加，也曾携手共游沈园。"红酥手，黄縢酒"，旧时光中，两人还是那般年轻，又爱意正浓，把酒言欢，浓情蜜意，对着满城的春色，共诉衷肠。

唐氏双手端着酒杯的姿态想必十分美丽，才会给陆游留下了如此深刻的印象，回忆到二人在一起的时光，便想到了这样的一幕。曾经的他们生活幸福，郎情妾意，记忆中的画面都是彩色的，红润的玉手，斟满的黄酒，翠绿的宫柳，都是那样真切地浮现在脑海中。

到后来，二人被迫分开，陆游心中苦闷难当，美妙的画面似乎被一股"恶风"吹乱，心情急转直下，他将感情的不顺也归罪于突然出现的"恶风"，是它结束了春意的美好，是它让一对鸳鸯分离，是它将曾经的浓情蜜意吹得所剩无几。这恼人的风是这样让人无可奈何，让人手足无措。

分离后的几年时间，陆游的生活并不如意，也许是念着唐氏，也许是其他原因导致，他从未平息过心中的幽怨，如今手执满满的一杯酒，更似满满的一份愁，一饮而尽后，是久久不能散去的苦涩。

一切似乎都错了，从最开始便是错的，陆游连用了三个"错"字，是错误，是错过，到底是什么地方出了错已经不得而知，只知走到今日，一切都不是当初设想的样子。

如今沈园春色如旧，依然是花红柳绿，庭院幽深，景色没有变化，变的是游园的人。唐氏想必也经历了痛苦的挣扎，曾经的红润少女如今已经憔悴瘦弱，自己也是颓然许多。

故人相见，发现对方不再是年轻时的模样，皆被时光夺走了光彩，唐氏不免泪流满面，湿了脸颊，溶了胭脂，透了绢帕，何等伤心、伤情！

"恶风"将沈园的桃花吹下，飘落在这孤冷林远的池塘楼阁旁，"花自飘零水自流"，人对落花即便再多不舍，却也无法阻止它凋零，曾经面如桃花的唐氏，如今也被"恶风"摧残得憔悴瘦弱。

曾经二人的山盟海誓如今虽还清晰记在心中，但那传情的书信却无法再交给对方。陆游的心中依然惦念着曾经的爱妻，也许此时不再是渴望相守的爱情，而是担心安慰的亲情，"恶风"虽猛烈，可以吹落桃花，却吹不断情丝，吹不破誓言。

罢了，罢了，就算心中有情又能怎样！三个"莫"字，说尽了陆游心中的失落和悲凉，只能饮尽杯中酒，与往事挥手道别，他能为唐氏做的只有在心中默默祝福，事已至此，思量再多也是无用。

陆游在诗词创作上展现出惊人的才华，尤其是诗歌，曾自言"六十年间万首诗"，存世的有九千三百首之多。他创作的内容大多是围绕着国家的抗金国事，讨伐投降派，抒发慷慨激昂的报国热情。陆游也擅长言情诗，这也许与他坎坷的情感经历有关，与前妻唐氏刻骨铭心的爱情让他内心积累了太多情感。

唐婉在极其抑郁的情形之下，也在其后和上一首《钗头凤·世情薄》。沈园一别后不久便积郁过重，抱恨而死。她用彼此最熟悉的方式与对方告别，为这段充满哀怨的感情画上句点。

世情薄，人情恶，雨送黄昏花易落。晓风干，泪痕残，欲笺心事，独语斜阑。难，难，难！

人成各，今非昨，病魂常似秋千索。角声寒，夜阑珊，怕人寻问，咽泪装欢。瞒，瞒，瞒！

唐婉的死成为陆游心中永远的遗憾，每次想起都会伤心万分，悲伤之情始终萦绕心头，之后的几十年间，陆游为唐氏写了多首悼亡诗。

唐婉人走了，陆游情未了，晚年曾多次来沈园。七十五岁时，唐婉已逝世四十年，陆游旧地重游，为悼念唐氏创作了《沈园二首》，将他对爱情的坚贞和忠实表达得淋漓尽致。词中虽无直接讲述感情的词眼，却用含蓄内敛的方式倾诉情感。

其一

城上斜阳画角哀，沈园非复旧池台。

伤心桥下春波绿，曾是惊鸿照影来。

其二

梦断香消四十年，沈园柳老不吹绵。

此身行作稽山土，犹吊遗踪一泫然。

夕阳斜照在沈园的墙壁上，不知是谁演奏画角，发出悲哀的声音。今日的沈园已经不是记忆中的那个原来的楼阁亭台。桥下的流水依然碧绿清澈，但却让人感到悲伤，因为就在此处，那个美丽的倩影曾经映入眼帘。

唐氏香消玉殒已有四十年的时间，沈园的柳树也老得不能吐絮吹绵。自身即将化成会稽山的一捧泥土，依然来此凭吊故人，对着遗踪潸然泪下。

沈园位于绍兴市越城区春波弄，是宋代著名园林，至今已有八百多年的历史。沈园为南宋时一位沈姓富商的私家花园，故有"沈氏园"之名。在江南的众多园林中，它的景致并非个中翘楚，但因为陆游与唐氏悲伤的爱情故事，这里多了一丝浪漫又悲伤的格调。

园内分为古迹区、东苑和南苑三个相对独立的园林，有孤鹤亭、半壁亭、双桂堂、八咏楼、宋井、射圃、问梅槛、琴台和广耜斋等景观，形成了"断云悲歌""诗境爱意""春波惊鸿""残壁遗恨""孤鹤哀鸣""碧荷映日""宫墙怨柳""踏雪问梅""诗书飘香""鹊桥传情"等十个景致。还有陆游纪念馆、连理园、情侣园等部分，走在其中，可以感受满地绿荫的美好，古朴典雅，水体、建筑、山体、植物四者，在这里和谐相融。

来这里，不能不看的是那面刻有《钗头凤》的墙壁，在这面由宋朝旧砖新砌成的照壁上，留下了这首名震古今的词作。沈园作为二人感情的见证，吸引了许多被这段旷世悲情感动的人们，行走在沈园之中，耳边似乎能听到有人在吟诵："红酥手，黄滕酒，满城春色宫墙柳……"那是一位痴心的才子痛彻心扉的爱恋之词，感天动地，闻者伤心，听者落泪。人们早已忘却了这原本是一个院子，取而代之的是一段凄美的爱情，曲终人散，无数的不得已。

第七章

皖豫江山

黄山·对孤峰绝顶，云烟竞秀

　　走访名山大川，游览三山五岳，文人喜爱寄情山水，感受自然的豪迈之情。山川起伏，犹如激荡在文人血液中的豪情；山峰挺拔，犹如文人不肯屈服的品格；山峦绵延，犹如诗人高入云间的志向。临山咏颂，成为宋词当中不可或缺的一部分。

　　中国名山众多，从古至今都是文人雅士钟爱之处，或独自前往，或与三五知己好友相约而行，踏遍五湖四海，方知"天下"为何意。明代大旅行家徐霞客曾在诗中写："五岳归来不看山，黄山归来不看岳。"意思是说泰山之雄伟，华山之险峻，衡岳之烟云，庐山之秀美，峨眉之清凉，莫不集于黄山。在宋词中，关于名山大川的作品数不胜数，但关于黄山的却寥寥无几，《沁园春·忆黄山》可谓其中龙凤。

　　作者汪莘是南宋诗人，字叔耕，号柳塘，隐居黄山之中，喜爱研究《周易》，他虽是一介布衣，但却心怀国家，曾三次上书朝廷，将他心中关于天变、人事、民穷、吏污等弊病和行师布阵的方法建议尽数献策，但却迟迟没有等到朝廷的回复，仿佛石沉大海一般，毫无波澜。

　　黄山本名为黟山，相传是黄帝栖真飞升之地，黄山有四绝，分别是奇松、怪石、云海、温泉。因常年隐居在黄山，所以汪莘对这里十分钟情，在他的词中，黄山仿佛有了灵性，宛如一座居住着神仙的仙山。他凭借丰富的想象力和扎实的文学功底，创作了这首《沁园春·忆黄山》。

> 三十六峰，三十六溪，长锁清秋。对孤峰绝顶，云烟竞秀；悬崖峭壁，瀑布争流。洞里桃花，仙家芝草，雪后春正取次游。亲曾见，是龙潭白昼，海涌潮头。
>
> 当年黄帝浮丘，有玉枕玉床还在不？向天都月夜，遥闻凤管；翠微霜晓，仰盼龙楼。砂穴长红，丹炉已冷，安得灵方闻早修？谁知此，问源头白鹿，水畔青牛。

黄山之上，奇峰众多，小溪也很多，词人开章便写"三十六峰，三十六溪"，三十六只是泛指，表示数量众多。黄山山峰林立，单大峰便有天都、莲花灯三十六座，小峰如玉屏、始信等三十二座。

因山峰巍峨高耸，山中老树参天，郁郁葱葱，所以即使在烈日炎炎的夏日，山中也"长锁清秋"，常年如秋日般清爽，这秋意如被"锁"在了黄山一般，令山中之人深感舒适，常沐秋风之中。

飞耸的山巅傲然孤立，白云围绕周围，隐约缥缈，竞赛般呈现不同的姿态，展现不同的风景，有时细若游丝，薄若薄绸，纤细轻快，有时苍茫如海，厚重深沉，时聚时散，犹如姑娘身上披着的飘带，翩翩起舞，气象万千。

悬在悬崖峭壁上的瀑布，从高处飞流直下，宛如擎天水柱，笔直矗立在天地之间，跌落的水花砸在低处的石头上，溅起晶莹剔透的水花，犹如一颗颗透明的珍珠，在半空中腾起，在太阳的照射下，绽放出闪耀的光彩。

山高潭深，瀑布跌落发出欢快的轰鸣，水流飞快，你争我抢般汇聚到深潭中。"竞秀"的山峰云海，"争流"的瀑布深潭，仿佛水瀑的声音就回响在耳畔，清凉的水滴飞溅在脸上。信手拈来般的词句，却有浑然天成的美感。

相传，轩辕黄帝感到自己日渐衰老，但还有许多事情没有完成，他想开垦土地，治理河流，播种植物，他怕自己死去之后这些事无人去做，所以他想寻一处炼丹的仙境，炼得仙丹，长生不老。浮丘公寻到一处江南高山，山上多黑石，"云凝碧汉，气贯群山，神仙止焉"，所以黄帝在此炼得仙丹，共成八粒，黄帝食七，与浮丘公一起飞升而去。

在黄山炼丹峰的炼丹洞中，有二桃，毛白色异，是仙家之物，洞中还有炼丹用的"仙家灵芝"，联想到黄帝炼丹、飞升的传说，汪莘写下"洞里桃花，仙家芝草，雪后春正取次游"。大雪过后的初春，去黄山深处探寻传说的奥秘，感受仙境一般的所在，游玩的愉悦心情跃然纸上。

游玩之旅，让汪莘亲眼看到"龙潭白昼，海涌潮头"的景象。山中有一处潭水，名曰"白龙潭"，位于桃花溪的上游，在白云溪白龙桥下方。汪莘途经这里，看到白云吸纳四方之灵水，汇聚之后落入白龙潭，每当山中大雨倾盆之时，白龙潭水犹如游龙一般，苍劲有力地咆哮跌落，激流怒注，如海潮翻滚，声音洪大，似有众多猛兽齐声嚎叫，来势汹汹，令人叹为观止。

越走越幽深，已是人烟罕至之地。汪莘想象到，当年黄帝与浮丘生在此处炼丹，不知他们的玉枕玉床还在不在，不知自己是否有幸得以一见？至今，在炼丹峰上，还可以隐约看到炼丹所用的鼎炉、灶穴、药杵、药臼等痕迹，让黄山的传说增添了许多现实"证据"，但词人所提的玉枕玉床却并未发现，汪莘一直念念不忘。

天都山是黄山的主峰之一，虽不是最高的，却因气势磅礴而闻名，其名意味"天帝神都"，可见人们的敬畏之情。在天都山的夜晚，明月高悬，似乎能隐约听到凤箫声从远处悠悠传来，时断时续，真假难辨。

黄山人一直传颂着黄帝在此炼得仙丹，他们几人服用后就飞升成仙了。当晚月色朦胧，在天都峰还传来仙乐阵阵，就像传说中春秋时代善吹箫的萧史、弄玉乘风飞天一样，有祥云相护，有仙乐接引，这就是词中说的"向天都月夜，遥闻凤管"。现在黄山有一处溪水名为弦歌溪，就是以此典故命名。

黄山的夜景如此梦幻，宛如进入神话传说之中，仙乐似有似无，在明月的映衬下，夜中的黄山多了许多神秘感。隐居黄山，感受了许多个美妙的夜晚，而黄山的清晨也有属于它的美妙。

黄山的另一个主峰——翠微峰，就如它的名字一般，山上树木繁盛，苍翠一片，一眼望去犹如一片翠绿的海洋，如遇山中微风阵阵，翠海便此起彼伏般，形成由绿叶组成的

"浪涛"。

翠微峰下有一座翠微寺，是唐代麻衣禅师道场，相传他飞锡穿穴而得神泉，因此扬名。"翠微霜晓，仰盼龙楼"是翠微峰霜天拂晓时，晨光透过薄云，呈现出奇幻的光晕，人们仰首望去，希望能有幸看到山中的蜃楼奇景。龙楼是古代对蜃楼的一种别称，因为这种在当时无法解释的现象被人们视为神迹，而龙在古代是神圣的象征，人们认为龙能嘘气作楼台城郭之状，所以也称蜃楼为龙楼。

从古至今，黄山都被视为神山，所以汪莘认为在此处看到龙楼的希望很大，他在晨光曚曚中翘首企盼，凝神探求，即使是常年隐居在黄山之中，"神迹"仍是可遇不可求之事，想必失望远大于期望。

黄帝飞升的传说已经是很久远的事，即使炼丹的遗迹依稀可见，但早已没了当初的神采，浮丘公在此提炼丹砂的石穴到今天依然是红色，炼丹的丹炉也早已冰冷，后人怎能得到传说中的仙方灵丹，修炼成仙呢？

那些传说是真是假，已经无人能够回答这个问题。汪莘在黄山中苦苦寻找着答案，也许他也希望得道成仙，可以成为长生不老的仙人，救济苍生。他不断地寻找，不断地发问，他去问源头的白鹿，还有水畔的青牛，是否知道关于得道成仙的故事。

白鹿与青牛并不是普通的乡野之物，也有神话典故。相传浮丘公曾在黄山石人峰下驾鹤驯鹿，留下了驾鹤洞、白鹿源等遗迹。而青牛则是传说翠微寺左的溪边有一头牛，通体呈青色，当时有一个樵夫想将它牵回家中，但青牛跳入一旁的溪水，消失得无影无踪。如此传奇的白鹿和青牛，汪莘猜测它们一定知晓成仙飞升之事。

写山，一定要知山、爱山。汪莘从小生活在黄山，游走在黄山的风景之中，对黄山的山水草木、神话传说知道得很多很细，后来有所游历，比较之下，觉得还是黄山好，所以在回忆中填了这阕《沁园春》。因为传说的神秘，让黄山也多了一份特有的魅力，山山水水皆充满了神奇的色彩，令人神往。

这便是诗词的魅力，千姿百态的黄山，在词中灵动起来，瑰丽奇妙的景色让人应接不暇，千峰竞秀、万壑争奇，风光无限。在拜读汪莘的佳作时，仿佛与词人一同游走在云林雅趣的黄山之中，沉醉在自然的山水风光中，不知疲倦地攀登一座座高峰，跨过一条条小溪，希望踏遍黄山的每一寸土地，生怕错过了哪处神迹。

没到过黄山的人向往黄山，上了黄山的人留恋黄山。黄山独特的花岗岩峰林十分有特色；遍布了峰壑，千姿百态的黄山松；惟妙惟肖的怪石群；还有山腰时时变幻的云海，尤其是冬去春来之时，雨雪之后，日出日落时的云海被光晕浸染，构成了灵动的黄山，静中有动，动中有静，"登黄山天下无山，观止矣！"

阜阳·群芳过后西湖好

　　斟一杯酒,焚一炷香,泛舟湖上,听歌女吟唱一首宋词,看远处斜阳西下,暮色淡淡,置身于此番情景中,人似乎可以忘记任何烦恼,只须专心山水即可。

　　杯中酒未尽,月却上梢头,到了该放下过往的时刻,醒也罢,醉也罢,索性不再饮酒,添一杯芽色的清茶,叹一叹半生浮华,笑一笑人世沧桑。古人最爱在山水中游走,仿佛纯净的环境可以洗涤出至真的灵魂。

　　中国盛产西湖,有"天下西湖三十六"之说,据明《永乐大典》,最为人们所熟知的八大西湖,分别为杭州西湖、颖州西湖、惠州西湖、桂林西湖、北京西湖、福州西湖、扬州瘦西湖、南昌西湖。历史上的颖州西湖曾与杭州西湖难分伯仲。《大清一统志》云:"颖州西湖闻名天下,亭台之胜,觞咏之繁,可与杭州西湖媲美。"宋代诗人杨万里说"三处西湖一色秋,钱塘汝颍与罗浮",汝颍即是指今天阜阳的颖州西湖。

　　颖州西湖位于今安徽省阜阳市颖州区西九公里处,是古代颖河、清河、小汝河、白龙沟四水汇流处。颖州西湖形成于秦朝,得名源于北魏以后阜阳称颖州,但作为风景湖闻达于世则始于唐代。

颍州西湖地处淮北平原，既无高山奇峰依托，也无涌泉瀑布映衬，但却有着它独特的魅力。明《正德颍州志》载：西湖"长十里，广三里，水深莫测，广袤相齐"。明《嘉靖颍州志》描述颍州西湖胜景：菱荷飘香，绿柳盈岸；芳菲夹道，林宛烂漫；曲径通幽，斜桥泽畔；画舫朱艇，碧波涟滟；楼台亭榭，错落其间。

颍州西湖景色之美，四时俱佳，招来不少文人志士出守颍州，更是文人墨客吟诗作画之旅游胜地，形成了独有的西湖文化。北宋时期，是颍州历史上最辉煌的时期，是颍州文化史上的一次盛宴。当时，晏殊、欧阳修、吕公著、苏轼相继知颍州，不仅对西湖进行大量的修葺，使颍州西湖之名遂著于天下，为古颍州西湖建设立下了不朽的功勋，而且把西湖的美景凝聚于笔端，挥洒于尺素，写下了一首首、一曲曲颍州西湖的绝唱。如苏轼的词句"大千起灭一尘里，未觉杭颍谁雌雄"，将颍州西湖与杭州西湖相媲美。可以说，颍州的风物，西湖的胜景与文人墨客的美文佳句，同为史书传载，流韵千古。

作为唐宋八大家之一，北宋古文运动的领袖的欧阳修，对颍州有着深深的感情。据记载，在他一生为官的四十年间，曾八次到颍州。北宋仁宗庆历五年（1045），他初至颍州西湖时，即被西湖美景所倾倒，发出"柳絮已将春去远，海棠应恨我来迟"的感叹。觉得与颍州西湖相见恨晚。

英宗熙宁四年（1071），六十四岁的欧阳修在多次上表恳求后，终于以太子少师、观文殿学士致仕。令人意外的

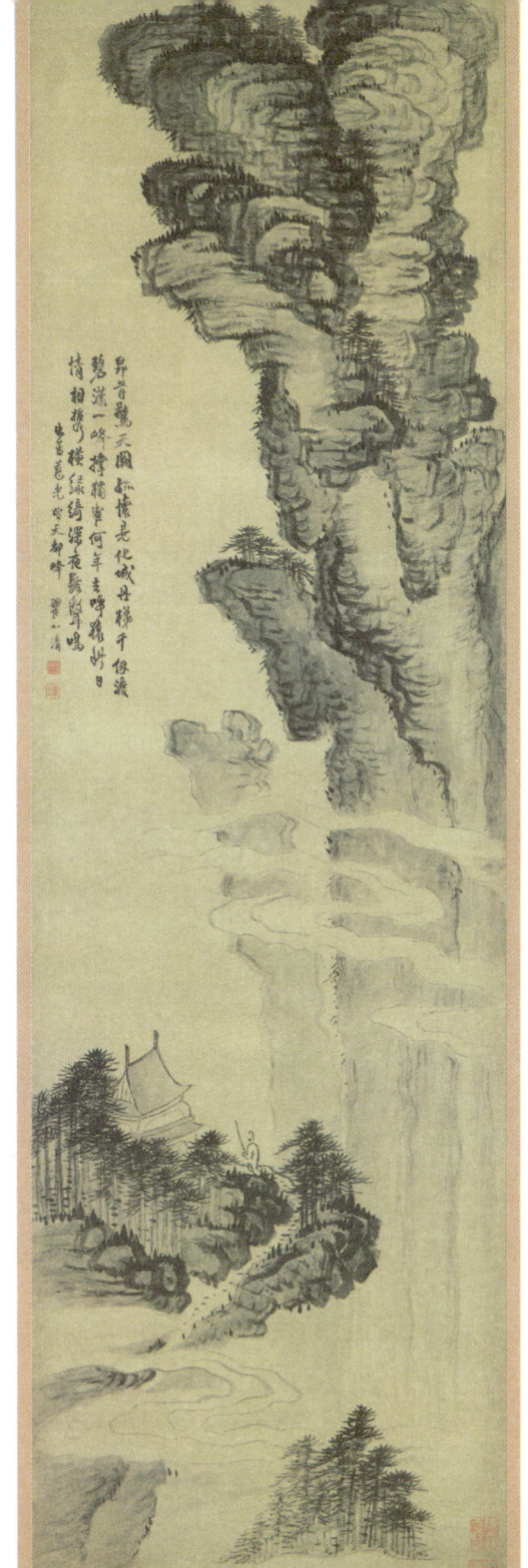

清·梅清 《黄山天都峰图》 辽宁省博物馆藏

明·文徵明 《石湖图》 北京故宫博物院藏

明·文徵明 《横塘图》 北京故宫博物院藏

清·禹之鼎 《江乡清晓图》 旅顺博物馆藏

明·仇英《玉洞仙源图》北京故宫博物院藏

明·郭存仁 《金陵八景图》 南京博物馆藏

明·郭存仁 《金陵八景图》 南京博物馆藏

仙山楼阁飞涧岑
玉洞桃花万树开

明·李士达 《仙山楼阁图》 南京博物馆藏

是，他没有回老家江西庐陵，而是率全家老幼一路风尘仆仆来到他心心念的颍州定居，并打算终老于斯，永伴心爱的西湖。他在西湖之畔自建住所，命名为"六一堂"，自号"六一居士"。

在颍州西湖，欧阳修度过了他一生中最后也是最为快乐最为充实的一年，创作了多首咏颍州和颍州西湖风光的作品，其一生，共写下四十三首与颍州西湖有关的诗词。

《采桑子十首》就是他晚年退居颍州时所创作的一组词。前九首是对颍州西湖景色的描写，最后一首为抒情词作。

其一

轻舟短棹西湖好，绿水逶迤。芳草长堤，隐隐笙歌处处随。　　无风水面琉璃滑，不觉船移。微动涟漪，惊起沙禽掠岸飞。

其二

春深雨过西湖好，百卉争妍。蝶乱蜂喧，晴日催花暖欲然。　　兰桡画舸悠悠去，疑是神仙。返照波间，水阔风高扬管弦。

人说西湖风光好，驾着轻舟，划着短桨，在湖面上慢慢前行，是如此逍遥快活，碧绿的湖水逶迤缠绵，两侧的长堤之上长满了芳香的花草，无论行至何处，都会隐约听到歌声从远处传来，仿佛是伴着小舟一同前行。无风的水面，犹如琉璃一般光滑，甚至感觉不到船儿在动，只能看到船边细微的波浪在慢慢荡漾，被船惊起的水鸟，正在湖面上飞翔。

一场春雨过后，西湖的春光正浓，景色越发美好。百花都在争奇斗艳地开放，蝴蝶蜜蜂在其中纷飞喧闹，晴朗的阳光照在花瓣上，那温热的气息仿佛要燃烧起来一般。木兰的枝条做的船桨滑动着水面，带着画船悠然离去。像是天上停留着某位神仙，他的五彩光华映照在碧波之上。水面如此辽阔，春风如此爽朗，船上的人趁着这美丽的春色，奏起了悠扬的管弦之音。

其三

画船载酒西湖好，急管繁弦。玉盏催传，稳泛平波任醉眠。　　行云却在行舟下，空水澄鲜。俯仰留连，疑是湖中别有天。

其四

群芳过后西湖好，狼籍残红。飞絮濛濛，垂柳阑干尽日风。　　笙歌散尽游人去，始觉春空。垂下帘栊，双燕归来细雨中。

西湖的风景是真的美，乘着画船，载着美酒佳肴，欣赏着沿途的风光，十分快活，在急促、繁喧的管弦声中，船上的人们不停地传着酒杯，畅快饮酒。船外风平浪静，船内是一群酒意正酣的人们，船行驶得十分缓慢，让人们安稳睡去。醉眼阑珊，俯瞰湖中，船似乎行走在白云之中，清澈的湖水仿佛空无一物。仰视蓝天，再俯视湖面，水天相映，让人不禁猜想，湖中是不是还有另外一个世界。

暮春时节，百花开放过后，西湖的风景依然美好，凋落的残花只是点点落红，任由游玩的人踩踏，漫天飞舞的柳絮，让天色变得迷蒙起来，湖边的垂柳轻轻拂着岸边的栏杆，暖风袭来，一切都变得暖融融。喧闹的笙歌渐渐散去，游人也陆续离开，突然发现，西湖变得安静起来，原来空空的西湖之春是这种感觉，心中开始感到失落，回到屋中，放下窗边的帘布，看到一对燕子正穿过蒙蒙的细雨，回到属于它们的巢中。

其五

何人解赏西湖好，佳景无时。飞盖相追，贪向花间醉玉卮。　　谁知闲凭阑干处，芳草斜晖。水远烟微，一点沧洲白鹭飞。

其六

清明上巳西湖好，满目繁华。争道谁家，绿柳朱轮走钿车。　　游人日暮相将去，醒醉喧哗。路转堤斜，直到城头总是花。

　　谁是最了解西湖风景美好的人呢？细心的人会发现，西湖的美景是每时每刻都存在的，岸边飞快的马车在竞相追逐，人们用精美的玉杯饮酒，沉醉在花团锦簇的景色之中。有谁会知道，在闲来之时倚栏凭杆的地方，可以眺望到起伏的芳草，还有夕阳的余晖洒在湖面之上。水面绵延很远，飘起的烟雾微茫，远处湖岸边上的白鹭，犹如一个白点飞上天空。
　　清明节、上巳节的时候，西湖的风光十分美好，满眼都是繁华景象。不知是谁家的马车在争抢道路？一辆红色轮子的马车用金宝嵌饰得十分漂亮。为了超前，已经绕道去了绿色的柳林之中。日暮时分，游人相约即将离去。有的人还在醉着，有的人已经清醒，人们大声打着招呼，十分喧哗。归程从西湖弯弯斜斜的堤坝开始，一直到城头，沿途尽是开放的鲜花。

其七

荷花开后西湖好，载酒来时，不用旌旗，前后红幢绿盖随。　　画船撑入花深处，香泛金卮。烟雨微微，一片笙歌醉里归。

其八

天容水色西湖好，云物俱鲜。鸥鹭闲眠，应惯寻常听管弦。　　风清月白偏宜夜，一片琼田。谁羡骖鸾，人在舟中便是仙。

荷花盛开后，西湖的风景更加美好，荷香缭绕，三五好友共同乘船游玩，边饮酒边观赏西湖美景，用不着旌旗仪式，前前后后便有红花为幢，绿叶为盖，紧随着船身而行。彩画的游船慢慢驶入荷花丛的深处，金色的酒杯上都泛起荷香之气，仿佛杯中酒也有了荷花的味道。傍晚来临，下起微微细雨，伴着薄薄的水烟阵阵，在一片欢快的歌声、乐声之中，船儿载着一行微醺的人返程。

湖光山色相互呼应，渐渐融为一体，眼前的景物都有着鲜明的色彩，湖边的鸥鸟和白鹭都闲适在一旁，安稳睡着，在西湖岸边的它们，早已习惯了游船和岸上不停歇的管弦乐声。夜中的西湖月朗星稀，晚风轻拂，甚是迷人，白色月光下的西湖犹如一片白玉田。身在西湖，还有谁去羡慕那乘鸾飞升的仙人，能够坐在游船中，感受西湖的每一丝风情，就和神仙一般。

其九

残霞夕照西湖好，花坞苹汀，十顷波平，野岸无人舟自横。　　西南月上浮云散，轩槛凉生。莲芰香清，水面风来酒面醒。

其十

平生为爱西湖好，来拥朱轮。富贵浮云，俯仰流年二十春。　　归来恰似辽东鹤，城郭人民，触目皆新，谁识当年旧主人？

到了日暮时，在天边夕阳和远远残霞的斜照下，西湖的风景又是另一番的美妙。芳香的花圃和翠绿的绿洲，数十顷的湖面上一片平静，野草丛生的湖岸边，停靠着一艘无人的小船，孤孤单单地横向湖心。明亮的月高高地挂在天的西南边，周边的浮云慢慢消散，露出皎洁的月光。倚靠在栏杆边上，凉意顿生。湖中的莲花开得正盛，香气一阵阵飘来，水面的凉风阵阵吹在脸上，吹醒了酒意。

欧阳修平生喜爱这颍州西湖的美妙风光，所以来到这里任职做官，时间匆匆而逝，富贵荣华就如天上的浮云一样飘过，不知不觉中，二十个春天都已经过去。这次归来，就像离家千年才化鹤归来的仙人丁令威，无论是城郭，还是百姓，一切都是如此陌生，前所未见。不知还有谁记得当年的旧主人，记得曾经在这里任职做官的“我”啊！

这组《采桑子》十分平淡清新，描绘的每个场景最终都归于平静，这也是他对一生的感悟，功名利禄都是过眼云烟，生活还是潇洒自在为好。

词中没有男欢女爱，没有国仇家恨，也没有离别伤情，只是简单地描绘西湖的美，这种喜爱是纯粹的，甚至没有寄情山水的豪迈，只是行舟其中，不负时光。

晚年时的欧阳修不愿离开美丽的颍州西湖，或独自一人，或约上三五好友，乘坐游船畅游西湖，伴着优美的音律，饮酒作诗，甚是痛快，常常是醉意阑珊才肯归来。

对于西湖的景色，欧阳修极尽佳词，几乎每一首《采桑子》都以“西湖好”开头，从清晨到日暮，从晴朗到细雨，从湖中莲花到天边白鹭，欧阳修不忍错过这里的每一个细节，因为在他眼中，西湖的每一处都是美的，一阕词便是一幅画卷。

前九首是对西湖景色的描述，最后一首是对自己半生的总结。这段人生感悟的词作，写出词人离开官场，回归田园生活的平淡心境，曾经的官场风云、荣华富贵，此时此刻都化为天上的浮云，散了之后永远不再回来，历经沧桑后终于可以静享湖光山色，哪怕已经暮年，他仍然愿意在这里开始新的生活。

颍州因西湖而繁荣，西湖因颍州而扬名。颍州西湖历史悠久，最远可以追溯到公元前1040年，周康王为妫髡修建的御花园，后来在春秋战国时始建女郎台、梳妆台等建筑，唐、宋时期均有修缮和完善。据史志所载，唐代至清代的建筑近三十处，包括亭、榭、楼、阁、堂、台、寺、桥等，或建于崇台，或依于水际，或卧于碧波，疏密有致。六一堂、会老堂，还有文庙、西湖闸、聚星堂、欧阳文忠公祠、昭灵侯庙、去思堂、清颍亭、竹间亭、撷芳亭、画舫斋、宜远桥、望佳桥、飞盖桥等，每一处建筑都蕴含颍州西湖的历史。

不幸的是，由于后来黄河泛滥，西湖被泥沙填平，曾经的美景消失不再，仅存会老堂等少数古代建筑，可以依稀寻找到曾经的颍州西湖美景。

经过几代颍州人民从未间断的治理，西湖逐渐恢复了古颍州西湖的仙境之景。如今在原三十里河的基础上新建的颍州西湖风景名胜区依旧璀璨夺目。湖中有岛，岛中有潭，两岸芳草繁盛，花木萦绕。景区内有兰园、怡园、女郎台、紫竹苑、醉仙居、西湖碑林、百花园、清涟阁、九曲桥、梳妆台、苏堤、欧堤等二十多个景点，并有菱荷十里，杨柳盈岸，久为游人憩游胜境。碑林公园建有碑林长廊、碑林八卦阵，汇聚了众多当代书法家真迹。隐闲堂是为祭拜欧阳修、苏轼等文学大家建造的，也是颍州西湖的历史见证，人们精心地呵护这段曾经，让文化的清流源远流长。

开封·平康巷陌，绣鞍金勒跃青骢

　　一个人，一生可以走过多少座城？可以经历多少段故事？也许，有的人一生都在奔走，去感受新的风景，认识新的人，这就是他的人生意义。在到过的地方留下一段回忆，一首小诗，一张照片，然后再次出发。

　　回忆，是一个人的传记，也许它不会被其他人知道，只是安静地记录下曾经的悲欢离合，古人也是如此，喜欢发现新鲜的事物，却也留恋曾经的故事，所以宋词中有许多诗词来源于"重游故地"，大多都是伤情之作，毕竟时光易逝，物是人非，记忆中的场景很难再次出现，记忆中的风景也早已换了模样。

　　汴梁城，也称东京、汴京，是北宋的首都，也是开封在元、明、两宋时期的称呼。它地处中华民族历史发源地，也是中华民族的文化摇篮，承载着悠久的历史，是一座古城。

　　《金人捧露盘·庚寅岁春奉使过京师感怀作》是北宋词人曾觌时隔四十余年，重游故地所作。曾觌，字纯甫，号海野老农，以父任补官。他所处的时代是个动荡的年代，靖康二年（1127），汴京失守，徽、钦二帝被掳，宋室被迫南迁，历史在这一刻转变。

曾觌一生创作了许多诗词，《金人捧露盘·庚寅岁春奉使过京师感怀作》是他晚年的一首经典词作，也是凝结了他大半生情感之作。

因政治格局的变化，曾觌流亡江南，凭借才华和学识，在南宋谋得官职，并在孝宗登基后得到重用。据《续资治通鉴》中所载"汪大猷为贺金正旦使，俾觌副之"。这首词创作于南宋孝宗乾道六年（1170）——即"庚寅岁春"，曾觌奉命自南宋皇帝行宫所在的临安，去与金人和谈，回到临安，在归途中所作。

"金人捧露盘"又名"铜人捧露盘引""上西平""西平曲""上平南"。《三辅黄图》中有："神明台，武帝造，上有承露盘，有铜仙人舒掌捧铜盘玉杯以承云表之露，以露和玉屑服之，以求仙道。"金铜仙人是汉武帝建造的，矗立在神明台上，十分雄伟。

唐人李贺有《金铜仙人辞汉歌》，有序："魏明帝青龙元年八月，诏宫官牵车，西取汉孝武捧露盘仙人，欲立致前殿。宫官既拆盘，仙人临载，乃潸然泪下。"借金铜仙人辞汉的史事来抒发国家兴亡之痛，其中的"天若有情天亦老"成为千古经典，后"金人捧露盘"多苍凉之音。

记神京，繁华地，旧游踪。正御沟、春水溶溶。平康巷陌，绣鞍金勒跃青骢。解衣沽酒醉弦管，柳绿花红。

到如今、余霜鬓，嗟前事、梦魂中。但寒烟、满目飞蓬。雕栏玉砌，空锁三十六离宫。塞笳惊起暮天雁，寂寞东风。

依然记得曾经的北宋首都——汴梁都城十分繁华，今日重游故地，寻找当时的踪迹。那时，宫城附近的水渠流淌着暖暖的春水，一切都是郁郁葱葱、欣欣向荣的景象。曾经喧闹的秦楼楚馆、酒肆茶坊、勾栏瓦肆，还有歌女聚居的烟花柳巷，风流倜傥的潇洒公子，骑着装扮精致的青白色高头大马，马鞍上绣着精美的刺绣，还套着金饰的马络头。他们宽衣解带，饮酒享乐，欣赏着动听的管弦乐声，迷醉在花红柳绿的女子身影中。

再看如今，时过境迁后，留下的只有双鬓霜白的头发，慨叹往事如烟，岁月蹉跎，曾经的繁华景象已然不再，再想重温只能在梦中。眼前看见的，只有漠漠飘荡的寒烟，还有漫天飘飞的蓬草，一派萧条景象。曾经的宫楼殿宇依然矗立在那里，精雕的栏杆，玉石砌成的楼台，而当年热闹的百官朝圣的景象已然不在，只留下空空的宫殿。苍凉暮色中，塞外的胡笳声响起，惊动了天边的飞燕，还有寂寞空荡的东风，吹着人们忧伤的愁绪。

词作先写汴梁曾经的繁华，因为是北宋时期的都城，所以那时的汴梁十分热闹，市井喧嚣，商贾云集，人们过着安乐的生活，少年们衣着光鲜，生活富足，来到歌妓云集的游玩之所，饮酒听弦，潇洒风流。

唐代长安的丹凤街有一处平康坊，为妓女聚居之所。词中也指其他"风花雪月"的场所，还有热闹的街头巷尾，词人也曾在此处享受年轻时代的风流时光。寥寥数笔，将曾经的汴梁百姓富足、国泰民安的生活现状呈现出来。

虽然曾觌是在写汴梁往日的繁华，但也透露出北宋灭亡的一些潜在原因，正是因为汴梁城内从官员到百姓，人们终日过着纸醉金迷的生活，才让金人有机可乘，也就有了今日的悲痛。

遥想当年，路过汴梁的曾觌还是翩翩少年，意气风发，胸怀大志，如今再路过这里，年华已去，白发苍苍，时间夺去的不仅仅是曾觌的"雄姿英发"，还有汴梁曾经的歌舞升平、繁花似锦。

再看四十年后的汴梁，与先前的繁华作对比，如今眼前的一切越发荒凉。从对过去的回想，曾觌被硬生生地拉到现实当中，慨叹往事，令人感到悲痛。战火虽已停止，但冷却的硝烟还隐约可见，无论时间过去多久，硝烟也会存在于每一个经历过这场伤痛的人的心中，四十多年的征战，早已让百姓和城池遭受到太多的摧残。

"空锁三十六离宫"引自班固的《西都赋》："离宫别馆，三十六所。"唐人温庭筠也曾在《郭处士击瓯歌》中写："吾闻三十六宫花离离，软风吹春星斗稀。"辛弃疾《酒泉子·无题》词中也有："三十六宫花溅泪，春声何处说兴亡。""离宫"本意是指帝王在皇宫之外，随时游乐可以歇息停留的宫城，但在这首词中是指已经荒废的北宋帝王宫苑。

看到已经空空的宫城，曾觌想到这里曾经的场景，群臣上朝觐见，帝王高高在上，接受文武百官的朝拜，场面何等壮观，如今只有随风四处飘荡的蓬草，还有落满灰尘的旧宫，"雕栏玉砌"还在那里，只是布满了尘埃。

往日不堪回首，一切都成云烟，在悲凉的胡笳声中，留下了无尽叹息，黄昏中的旧城，多了许多凄凉，东风吹拂，让人心更加孤寂，伤感的情绪似乎随着风飘向远方，久久回荡。

已经年过花甲的曾觌，依然为君王四处奔走，不畏辛苦，只一心报效国家。在归途上，路过"京都"，想到当今局势，曾觌难免感慨万千。此时他已经六十多岁，垂垂老矣。汴梁城已经被金人统治了四十余年，金人称之为南京，它成为宋金多次战争的"牺牲品"，曾经的繁华已然不再，映入眼帘的满是战争的疮痍。

说宋词，必须说开封。对于宋代开封的全貌，一幅《清明上河图》远不能尽显，而《东京梦华录》的写实性描述，则让我们对这座弥漫着文化气息的都市充满向往。

如今的开封府，早已没有战火硝烟，作为八朝古都，它是一座拥有两千七百多年历史的古城，也是中国的历史文化名城，北宋的东京开封是当时世界上第一大城市，"琪树明霞五凤楼，夷门自古帝王州"之称的开封以它独特的历史韵味，毅然矗立在中原地区，见证千百年的朝代变迁。

洛阳·垂杨紫陌洛城东

有人说，朋友是指路的明灯，可以在迷茫的时候，为你找到前进的方向。志同道合的好友可以成为人生的导师，学习彼此的长处，双方都得到成长。所谓物以类聚、人以群分，只有兴趣爱好相近的人才可以成为挚友，才能获得"友情"的快乐。

文人雅士的朋友也多是风流才子，可以一同"举杯邀明月"，也可以一同"把酒问青天"，宋词中许多作品是关于挚友，或是赠文，或是思念，或是遥寄，抑或是记录聚会盛宴的情形的，字里行间，可以感受到他们彼此欣赏，彼此尊重，成为"伯牙子期"一样的友情经典。

《浪淘沙·把酒祝东风》是欧阳修与友人梅尧臣在洛阳城东重游旧地时所作。梅尧臣是北宋著名的现实主义诗人，与欧阳修相交甚好，曾以欧阳修荐，为国子监直讲，与欧阳修并称"欧梅"。

宋仁宗天圣九年（1031）三月，欧阳修至洛阳西京留守钱惟演幕下做推官，梅尧臣也在洛阳任主簿，这段时间欧阳修结识了一群年龄相近、意气相投的好友。除了朝中吏事以外，欧阳修喜欢与好友游览山川湖泊，并喜欢以诗会友，把酒言欢，其中便有梅尧臣。

一群良友也影响了欧阳修以后的政治生涯，因大家有一样的情怀、追求，所以他们在郊游与聚会中彼此学习，欧阳修也是在这个过程中明确了他的文学理想，向文坛方向发展，最终成为诗文革新运动中的领袖人物。

梅尧臣在《過口得双鳜鱼怀永叔》中写道："春风午桥上，始迎欧阳公。"梅尧臣很早就有诗名，又比欧阳修大几岁，而且欧阳修很欣赏梅尧臣在诗词方面的才华，称他是："圣俞翘楚才，乃是东南秀。"

两人相交，互相欣赏才学，所以关于对方的诗词作品有许多，欧阳修在《送梅圣俞归河阳序》中云："余尝与之（梅尧臣）徜徉于嵩洛之下，每得绝崖倒壑、深林古宇，则必相与吟哦其间，始而欢然以相得，终则畅然觉乎熏蒸浸渍之为益也，故久而不厌。"

因多次同游，二人经常以诗词"过招"，曾经在同游嵩山后，欧阳修与梅尧臣都创作了嵩山游组诗十二首；在梅尧臣来洛阳办事要返程时，饯行宴席上，二人分韵各作绝句五首。兴致浓时，欧、梅二人还会同题拟作以及唱和诗，文人雅士相交，激起文学的火花。

梅尧臣在调至河阳后，于次年（1032）春再至洛阳，创作《再至洛中寒食》和《依韵和欧阳永叔同游近郊》等作品，记录当时与欧阳修再次相约同游的情境。其中"知君最是怜风物，更约偷闲取次来"表达了不舍的情谊。

浪淘沙·把酒祝东风

　　把酒祝东风，且共从容，垂杨紫陌洛城东。总是
当时携手处，游遍芳丛。

　　聚散苦匆匆，此恨无穷。今年花胜去年红。可惜
明年花更好，知与谁同？

　　欧阳修在词中写了二人依依惜别之情，不知何时才能再
见，慨叹人生的聚散无常，耐人寻味。

　　举起手中紧握的酒杯，向东方祈祷，敬东风，希望友人
可以在此多停留一段时间，安静从容，不要匆匆而去。洛阳
城东，垂柳婆娑，装扮在乡野小路的两侧，这里正是当年
"我们"携手同游的地方，那时的"我们"游遍了芳草鲜美
的花丛，享受悠闲快活的时光。

　　无奈相聚总是匆匆，离别终究要到来，心中万分不舍也
无可奈何，这种遗恨无穷无尽，挥之不去。今年的花朵比去
年还要鲜艳，明年的花儿相比会更加美好，可惜友人就要离
去，不知那时谁能与"我"同游，欣赏那番美景呢？

　　欧阳修与梅尧臣是志同道合的好友，在许多方面很有共
识，所以常常相约而谈，作诗词歌赋，相得甚欢。在创作
《浪淘沙·把酒祝东风》的前一年，二人曾同游洛阳城东，
欧阳修对当时的情境记忆犹新，历历在目。

　　今年再次与梅尧臣相见，本想好好相聚一番，却无奈
离别在即，心中感慨万千，所以创作《浪淘沙·把酒祝东
风》，表达不舍之情。

　　《浪淘沙·把酒祝东风》从两人的一次相聚开始，宴席

上，举杯敬东风，想必二人已经酒意微醺，想邀不解风情的东风一同入席，一同感受这满眼的春光。游览春色自然是件开心的事情，但因为友人的即将离去，多了一丝幽怨在其中，所以欧阳修想让东风也一同留下，从容相聚。

司空图《酒泉子》中有："黄昏把酒祝东风，且从容"，欧阳修添了一个"共"字，"独乐乐不如众乐乐"，他希望能够与好友一起分享这份游玩的快乐，且把欢笑留住，尽兴方归。

"共从容"有两层意思，词人与好友"共从容"，还有人们与东风"共从容"，也许留住了东风，便是留住了时间，让风在此处歇歇脚，不要匆匆离去，不要带走春光，带走好友。

欧阳修在词中提及的地方，在洛阳城的东方，在当时的洛阳城有许多美丽的园林，北宋文学家李格非著有《洛阳名园记》，对城内外的诸多园林从布局到山水景色进行了翔实的记录。"紫陌"则是指京城郊外的道路，所以他们游览的地方并不在城中。

那是一处景致优美的去处，垂柳在东风的吹拂下轻轻摆动，犹如翩翩起舞的女子，分立在路的两旁，欢迎钟情风景的文人雅士。草丛夹杂着芬芳的花朵，盛情绽放，空气中似乎都有隐约的花香。词中写到，欧阳修与梅尧臣曾在去年来过这里，如今再次前往，不单要重游之前的风景，还要再叙友情，畅聊人生。

人生数十载，聚散总有时，欢愉的时光总是过得飞快，离别的伤感很快涌上心头。东风不肯与人同饮，分别也是无可奈何。盼了一年的友人之约仿佛刚刚开始，就要匆匆分别，怨恨之情怎能平息，可谓"此恨绵绵无绝期"。

人生的遗憾太多，今年的花儿开得胜过去年开花时的情景，词人对去年的景色记得十分清楚，也可以看出他心中与梅尧臣的相聚十分重要，所以即使是花开的模样，他也依然有印象。

花儿已经开得这样好，为何人们不能慢慢欣赏，慢慢感受呢？如果不用顾忌时间，这趟旅程一定是完美的，与友人把酒言欢，对酒当歌，欣赏自然美景，调侃人生百味。人与人之间的友情，也如花儿一般，花儿每年都胜似去年，人的友情也因每一次相聚而更加深厚。

这次相聚就要结束，不知下次相见会是何时，两人都有官职在身，报效国家责任重大，不能如布衣平民一般，尽情投身于天地之间，更不能日日与好友相聚，无忧无虑地饮酒为乐。

对着美好的景色，心中却是失落与无奈，来年的花一定会更加鲜艳，此处的景色也会更加优美，但明年的此时，还会有机会与梅尧臣相约吗？如果不能与友人共赏，这美景又有何存在的意义？

"可惜明年花更好，知与谁同"神似杜甫在《九日蓝田崔氏庄》中的"明年此会知谁健？醉把茱萸仔细看"。去年、今年、明年，三年的跨度，也许在历史的浩瀚长河中只是昙花一瞬，但对于一个人几十年的光阴而言十分重要，人的一生能有多少时间属于自己，可以尽享欢乐时光？

俞陛云评价这首词："因惜花而怀友，前欢寂寂，后会悠悠，至情语以一气挥写，可谓深情如水，行气如虹矣。"

能够见证文人之间深厚友情的，当然是文字。欧阳修的《文忠集》中，写给梅尧臣的诗、祭悼诗、书信、送行文有数十首，而梅尧臣的《宛陵集》里，与欧阳修的寄和之作更是多达一百四十余首。欧阳修晚年曾想退休后与梅尧臣相约买田颍上做邻居，只可惜梅尧臣在汴京得了传染病不久便死去。欧阳修只能将内心的遗憾和伤悲寄情于诗文中了。

人生无常，相聚与别离在时时刻刻上演，此时的欢愉，便是下一刻的孤寂，赏花饮酒，唯有知己相陪才更有意义。惜花，也是惜友，只期盼再到山花浪漫时，还能相约同行，还能天高海阔地交谈，还能风轻云淡地吟诗。

第八章

三秦三晋

西安·参差烟树灞陵桥

人与人之间，有相聚、有别离，人们总是在不断迎接，不断告别。生命是一场演出，一次次拉开帷幕，也一次次鞠躬谢幕。我们马不停蹄地认识新的朋友，也在时间中与一些人失去联系，有些人只是昙花一瞬，有些人却给我们留下了难以磨灭的痕迹。

感谢每一个出现在身边的人，他们教给了我们一些东西，然后启程去往下一段旅途。知己是人生一笔宝贵的财富，可遇不可求，所以与挚友分离，是一件让人十分伤感的事，因为有些告别可能成为彼此间最后的记忆。

文人的心总是多情的，男女之情，朋友之情，亲人之情，他们在感受中提炼情感，情感浓烈时便会创作出一首首精美诗词，为后人留下千百年前的记忆。

《少年游·参差烟树灞陵桥》是柳永作为"西征客"来到汉唐的旧都长安（今西安），在灞陵桥处与友人分别，看到此处被送行之人折断的柳树，离别伤情油然而生，徘徊在桥上，有感而作的一首词作。

参差烟树灞陵桥，风物尽前朝。衰杨古柳，几经攀折，憔悴楚宫腰。

夕阳闲淡秋光老，离思满蘅皋。一曲阳关，断肠声尽，独自凭兰桡。

"少年游"最早出现晏殊的《珠玉词》中，又名"少年游令""小阑干""玉腊梅枝"。晏殊是北宋著名的文学家，与欧阳修并称"晏欧"。他在《少年游·芙蓉花发去年枝》中写道："绿鬓朱颜，道家装束，长似少年时。"《词律》以柳永词为定格，而《词谱》则以晏殊之词为正体。

高高矮矮的柳树如烟雾一般飘逸，映衬着灞陵桥。此处的风俗、器物都与前朝一样，衰败的古杨柳树立在一旁，来此处送别的人们，都折一段柳条送给亲人、好友，如此这般不知道已经过去多久，只见眼前那些古杨柳树十分憔悴，如同楚宫之中，杨柳细腰的女子那般。

"楚宫腰"的典故出自《韩非子》卷二，其中："楚灵王好细腰，而国中多饿人。"因楚王喜好腰肢纤细之人，所以他的嫔妃、臣子就靠减肥来投其所好，勒腰只为讨楚王的欢心，一时间国人都自愿挨饿。后多用来指女子纤细的腰身。

夕阳悠闲地将光洒在大地上，秋天的风景正在渐渐远去，离别的思绪犹如蘅草一般，铺满了江岸。一首送别的《阳关曲》，曲终人散，伤心之情让人如肝肠寸断，独自依靠着船的栏杆，久久地默默前行。

"阳关"本是指我国古代陆路对外交通咽喉之地，也是丝绸之路南路的必经关隘。后有王维创作《渭城曲》，也称

《阳关曲》，其中"劝君更尽一杯酒，西出阳关无故人"诗句成为千古佳句，《阳关三叠》就是把王维的《阳关曲》反复唱三遍，用来表达送行时的悲伤情怀。

词中提及，古代人们送行时，会折柳条，这是属于当时的送别风俗。在《三辅黄图·桥》中有："霸（灞）桥，在长安东，跨水作桥。汉人送客至此，折柳赠别。"

因为古代交通十分不发达，出行时间长，且路途上存在各种危险，有时一次分别便是最后一面，而柳树的"柳"字，又与"留"字谐音，借此表达依依不舍之情。又因柳树生命力顽强，插柳成荫，借此希望友人、亲人能够战胜艰辛，好好生活。

古代诗词中经常会出现"折柳"的情形，如李白《春夜洛城闻笛》："此夜曲中闻折柳，何人不起故园情。"

柳永善写羁旅之愁，更善借景抒情，《少年游·参差烟树灞陵桥》开篇便是描写景物，地点是在长安东灞桥，它位于古长安城的东侧，是古代颇有盛名的古桥。

在春秋时代，秦穆公称霸西戎，将滋水改为灞水，并在水上建桥，称"灞桥"。后因王莽地皇三年（22）的灞桥水灾，被认为名字不是吉兆，所以改名为长存桥。后在原来的灞桥下游三百米处建新的灞桥，唐宋沿用，到元代废，是中国迄今发现时代最早、规模最大的多孔石拱桥。

灞桥在唐朝时设有驿站，所以此处是许多人送别亲朋好友时分别的地方，分别时依照古代习俗，会折灞桥旁的古杨柳枝条送给亲友。《西安府志》中记载："灞桥两岸，筑堤五里，栽柳万株，游人肩摩毂击，为长安之壮观。"

离别在即，人们都难免悲伤，所以此桥也曾叫作"销魂桥"，在此处诞生了许多诗词佳作，无数人在这里流下伤心的泪，民间还流传着"年年伤别，灞桥风雪"的说法。

也是从那时起，"灞柳风雪"成为"长安八景"之一，每年春天到来的时候，灞桥两岸绿柳覆荫，柳絮漫天时，飘飘扬扬，似春日艳阳下的飞雪，构成一幅独特的画面。有诗记录此景："古桥石路半倾敧，柳色青青近扫眉。浅水平沙深客恨，轻盈飞絮欲题诗。"

柳永词中，古杨柳如烟般袅娜，在暮色苍茫中，灞桥似乎也温柔起来，这里历史上演了多少次离别，如今他也要在此处经历分别之痛。也许前人的感受与此刻的自己一样，连这里的景物也都没有更改，历史在重复地一次次进行，不知灞桥见证过多少次的离别心酸。

古往今来，送别的人们都折灞桥两侧的垂柳，将心中的牵挂和不舍通过柳枝传递给对方，也许柳树也在为离别的人们伤怀，所以，如今的古杨柳衰败憔悴，不胜攀折。

夕阳是一天的结束，与友人也要彻底分别，不知为何，悲伤总是在日落时分更加浓郁，秋日也让人感到越发凄凉，也许是落日的余晖让人感动，也许是渐暗的天色让思绪蔓延，也许是天气变凉，让人渴望温暖和陪伴，在秋光老去的傍晚，词人在这里感受到了凄清孤单。

要问分别之人有多少忧伤？看那水岸处的蘅皋，它已经长满了江岸两侧，就如离人的伤悲，已经无法抑制地满溢出来，无处不在。

不知何处响起了离别的《阳关曲》，唱尽了人们心中的情感，似乎在督促着离开的行船，快快踏上远行的路途。所有情绪在最后一刻迸发，让词人感到肝肠寸断，眼前的景色，耳畔的离歌，即使心中万般不舍，也到了最后要分离的时刻。

与友人分别之后，柳永感到十分孤单，本是身在异乡的"游子"，又要与友人分别，孤独失落的情感不言而喻，人生就是这样，无论是亲人，还是或远或近的朋友，都只是生命这场旅途的过客，彼此陪伴一段时间，可能只是短短几日，也可能是人生大半的几十年，最终都要彼此告别，踏上属于自己的路。

柳永借灞桥、垂柳、蘅皋、夕阳讲述了一场伤心的友人分别，《宋六十一家词选例言》中冯煦评价这首词："状难状之景，达难达之情，而出之以自然。"《词洁辑评》中程洪也评价道："屯田此调，居然胜场，不独晓风残月之工也。"

柳永在长安创作了许多作品，除了《少年游·参差烟树灞陵桥》之外，还有《少年游·长安古道马迟迟》，描写了在深秋时节的长安路上所思所见，虚实相映，以景讲情，堪称是作者一生经历的总结。

长安古道马迟迟，高柳乱蝉嘶。夕阳岛外，秋风原上，目断四天垂。

归云一去无踪迹，何处是前期？狎兴生疏，酒徒萧索，不似少年时。

其中"狎兴生疏，酒徒萧索，不似少年时"，是说曾经寻欢作乐的兴致已经淡漠，一起喝酒的朋友也都远去，他也不再像少年时那般狂放不羁。

由此可见，柳永在长安经历了许多，思考了许多，所以才创作了与以往风格不同的作品，长安城是柳永难以忘记的所在，那里记录了他许多的故事。

如今的长安已经变成了西安，作为一座历史悠久的古城，先后有十三个王朝在此处建都，它也是中华文明的发祥地之一，这里记载了太多的前尘往事，兴衰起伏，成为今日的旅游胜地，这里依然上演着"前朝旧事"，虽然景物已变，但人的情感永远不会改变，亘古流传。

延安·千嶂里，长烟落日孤城闭

信仰，是一种看不见、摸不到的力量，它让人可以拥有强大的意志力，可以克服常人所不能克服的困难，坚定一条道路，一直走下去。

它是凌驾于私人情感之上的存在，从古至今，忠义之士将"国"作为信仰，他们为此抛头颅、洒热血，面对危险也不会退缩，即使付出生命也在所不惜，这是被他们融入灵魂的精神。正是这些人背负了国之兴亡的大任，倾尽一生只为"国泰民安"。

有时，人们会面对"国"与"己"的选择。只有面临的人才能体会到其中的痛苦。选择"国"者，成为爱国英雄，成为榜样；选择"己"者，会被后人渐渐忘却，消失在茫茫的历史之中。

宋代有许多爱国词人，他们用笔记述下了一段段属于国家的记忆，让后人有机会了解曾经发生的事。在同一块土地上，千百年前的景物早已物是人非，但精神与信仰永存。《渔家傲·秋思》是范仲淹的代表词作，词中清晰展现边关战士的风貌、气概，意境开阔，还将战士思归的心情记录下来，在那个遥远的夜里，苍凉而忧伤。

塞下秋来风景异，衡阳雁去无留意。四面边声连角起。千嶂里，长烟落日孤城闭。

浊酒一杯家万里，燕然未勒归无计。羌管悠悠霜满地。人不寐，将军白发征夫泪。

"渔家傲"是北宋十分流行的曲牌，又名"吴门柳""忍辱仙人""荆溪咏""游仙关"。在唐、五代并未曾见，到北宋晏殊、欧阳修使用较多，有用以作"十二月鼓子词"者，也是曲牌名，南北曲皆有，南曲较为常见，属中吕宫。《词谱》卷十四云："此调始自晏殊，因词有'神仙一曲渔家傲'句，因此得名。"

这是范仲淹在秋天的感悟。秋天到了，西北边塞的秋景与江南十分不同，大雁到了要南飞衡阳的时候，丝毫没有留下来的意思。军中响起号角的声音，四周紧接着响成一片，风声、羌笛声、马啸声不绝于耳。远处的高山，起起伏伏，层峦叠嶂，落日西斜，空气中开始弥漫起薄薄的雾气，余晖照在孤单单的城上，城门已经紧闭。

独自斟一杯浊酒，仰头饮下，情不自禁地思念起遥远的家乡，战事未平，功名未立，不能如窦宪那样功成名就地返回家乡。悠扬的羌笛声再次响起，飘飘然间，白霜已经覆盖了地面。夜已深，军中的将士都不能安然入睡，词人也无法入眠，将军在边塞守卫，忧民忧国，愁绪染白了头发，战士们出征许久，无法回到家乡，都流下了伤心的眼泪。

范仲淹，字希文，谥号"文正"，世人称范文正公，《东轩笔录》云："范文正守边日，作（渔家傲）乐歌数首，皆以'塞下秋来'为首句，颇述边镇之劳苦。"范仲淹是北宋著名的思想家、政治家、文学家，身居官职，曾因秉公直言而屡遭贬斥。他政绩卓著，文学造诣突出，倡导"先天下之忧而忧，后天下之乐而乐"的思想，还有仁人志士的节操，成为后世经典。

创作《渔家傲·秋思》时他任山西经略副使兼知延州之职，延州为今日的陕西延安。这首作品刻画了边疆将士们的内心，将国家之事引入其中，意境深远，格局远大，对之后苏轼、辛弃疾等人的作品影响深远。

宋代时，延州属于永兴军路，属西北边疆。这一时期，宋与西夏战事频繁，宋代名将庞籍、范雍、韩琦等都在此处御敌。宋仁宗康定元年（1040）至庆历三年（1043），范仲淹在此镇守西北边疆，深受全军上下爱戴，他号令严明，且爱惜将士，并诚心招揽边境游民，也深为西夏所钦佩。

宋时西夏人称呼范仲淹为"小范老子"，孔平仲在《孔氏谈苑·军中有范西贼破胆》中云："贼闻之曰：'无以延州为意，今小范老子腹中有数万甲兵，不比大范老子可欺也。'戎人呼知州为老子，大范谓雍也。"其中"大范老子"范雍也曾为延州知州。

驻守边疆，远离家乡，远离城市，除了处理军中事务，便是与诗文为伴。范仲淹才华出众，曾官至参知政事，因为他心善，体恤百姓生活，所以百姓十分喜欢他。他也立志为国尽忠，当他看到朝廷出现一些问题时，他没有逃避，而是直言上谏，主张革除陈旧的思想、条例，但却因此触动了统治集团的利益，遭到打压。

《渔家傲·秋思》兼具了景色、军事、思想、政治等诸多因素，是十分难得的大格局词作。

秋季来临，本是收获的金黄季节，词人心中却升起缕缕愁思。满眼的风光，与记忆中的家乡如此不同。离开家乡许久，词人记忆中家乡的秋色依然那样清晰，不知此时天边的故乡是什么样子。此处借雁归回雁峰的典故：北雁在秋天要飞往南方，在温暖的地方度过接下来的冬季，大雁已经启程，飞向衡阳方向，丝毫没有留恋这个地方。

在衡阳有一座回雁峰，是南岳七十二峰之首，也称南岳第一峰。相传北雁都会来此过冬，等到春暖时节再飞回北方，因此得名，古都衡阳也因此得名"雁城"。

范仲淹多希望自己是只可以自由飞翔的大雁，可以马上飞向故乡，此时的范仲淹不能归乡不是因为留恋，而是国家需要他镇守边疆，将士需要他执掌政务，百姓需要他来日夜守护。他只能对着远飞的雁，将思乡的泪流进心里。

当四周响起军用的号角声时，词人从回忆中被唤醒，周围都是属于异乡的、异域的羌笛声、风声混在了一起，天地间喧嚣起来，声音犹如敲打在人的心口。边塞的高山此起彼伏，在渐起的烟雾中慢慢模糊，太阳即将在山边隐去，孤冷的城门也已经关闭，一天就要结束，但却不知道还要在这里度过多少个"明天"。

夕阳照射下，边关的城是那样凄凉，这里没有家乡的温暖，只有瑟瑟的秋风吹动城中的军旗，飘荡在每个士兵的眼中。

"酒入愁肠愁更愁"，但孤单的秋夜唯有一杯浊酒能应情应景，想到此时与家乡相隔万里，唯有执酒遥祝亲人。浊酒是相对清酒而言的，原是指没有经过过滤的米酒，留有米的白浊色。范仲淹的酒却不一定是浊酒，也许是被悲伤的眼泪影响，酒看起来也是混浊的。

边疆尚未平复，范仲淹与一众士兵不能离开。"燕然未勒"的典故是引自《后汉书·窦融传》，书中记载，东汉窦宪率兵追击匈奴单于，去塞三千里，登燕然山，刻石勒功而还。"燕然勒功"的成语由此而来，勒是指将功文刻在石头上，如今并未完成镇关大业，属于范仲淹的功文还不能获得，怎么能返回家乡呢？

他不是贪生怕死之人，更不是自私自利的贪官，他只想完成君主和百姓托付给他的事，自古忠孝不能两全，每一个为国家征战的将士，都会面临同样的选择，即使心中经受思乡的煎熬，但选择并不会改变，这是国之信仰。

羌笛悲凉的声音从远处响起，悠悠然飘进词人的心房，叹息中再饮杯中酒，发觉地上都布满了白霜。

也许是因这羌笛之声烦扰，也许是因为思乡的情感煎熬，词人和将士都没有入睡，离乡许久，将军已经白了须发，将士们也是常常眼中含泪。这是边关将士的普通一夜，伴着远处的异域的音调进入沉沉的夜，每个人的心中都有思念的远方，将军也罢，征夫也罢，都是离家的游子，都想念家乡的那轮明月。

边塞的风格，有独属于它的美，但却不属于范仲淹。但他还是将其描绘成一幅画，有飞燕，有落日，也有高山，有孤城。这是国家的土地，每一寸他都要去守护，在宋金对峙时期，宋朝处于弱势，不能主攻，只能坚守。情感的起伏不能取代爱国的情怀，他坚持着信仰，也在默默期待归乡的那一天。

元·夏永 《岳阳楼图》 台北故宫博物院藏

明·仇英 《归汾图》 北京故宫博物院藏

明·谢时臣 《太行晴雪图》 青岛市博物馆藏

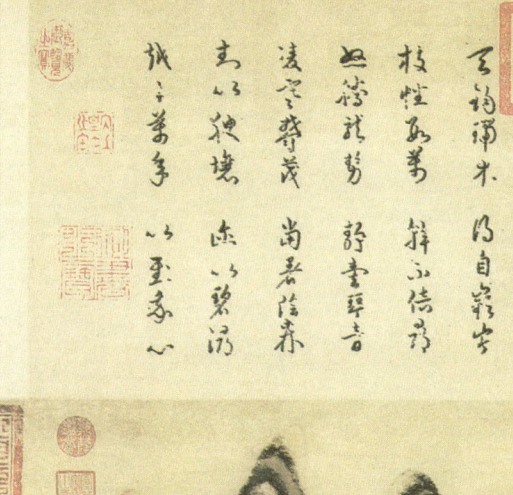

五代·《潇湘图》 北京故宫博物院藏

宋·许道宁 《关山密雪图》 台北故宫博物院藏

华山·秋晓上莲峰，高蹑倚天青壁

　　幻想，是想象力为现实插上了翅膀，带着原本沉重的身体，飞向自由的天空。人们生活在现实世界中，会被许多有形、无形的枷锁紧紧束缚着，所以眼光狭隘，思想被禁锢，活了一辈子，依然是原地不动地挣扎。

　　发散的想象力是艺术家最宝贵的财富，有了它就可以打开通往另一个世界的大门，发现新的天地，新的色彩，新的生命存在的意义。所以，文学家、画家眼中的世界，是与普通人看到的完全不一样的，他们拥有着一种能力，可以创造出许多压根不存在的东西，而正是因为这些东西从未存在过，所以它更加迷人，更加令人神往。

　　许多词人有着十分浪漫的思维，他们可以肆意遨游在想象的海洋中，拍打起五彩斑斓的浪花，在空中结成彩虹。他们用文字搭建起一个又一个虚幻的空间，让普通人也有机会进入那个世界，与他们一同陶醉在其中。生活不只是眼前，还有诗和远方。

　　《好事近·秋晓上莲峰》是陆游想象中或者是梦中游华山的作品，这种题材的作品陆游创作过多首，如两首《梦华山》的诗作，一首是七言绝句：古松偃蹇谷谽谺，太华峰前野老家。久客未归丹灶冷，碧桃八十一番花。另一首是七言律诗：路入河潼喜著鞭，华山忽到帽裙边。洗头盆上云生壁，腰带鞬前月满川。丹灶故基谁复识？白驴遗迹但相传。梦魂妄想君无笑，尚拟今生得地仙。

五岳中的西岳——华山，雅称太华山，素有奇险天下第一山的称号，吸引了无数勇敢者来征服。华山对于中华民族有着十分重要的意义，"中华"和"华夏"两词中的"华"皆是源自华山，所以华山可以称为中华文明的发祥地，有"华夏之根"的称号。

华山风景区位于陕西省渭南华阴市境内，南接秦岭，北瞰黄渭，是大西北进入中原的咽喉所在，是道教主教全真派的圣地，也是民间广受崇奉的华山君神所在，有道教的玉泉院、都龙庙等宫观，陈抟老祖就是道教高人。

华山有东、西、南、北四个主峰，各有特色。东峰"朝阳"、西峰"莲花"、南峰"落雁"，三峰相对，人称"天外三峰"。山上气候多变，不同的时候来到这，就会看到不同的风景。如遇到云雾蒸腾时，所有的山峰被团团云雾笼罩，宛如仙境。

华山东峰为朝阳峰，由一主三仆四个峰头组成，宾主有序，各有千秋，东峰也是神州九大观日处之一，"朝阳"二字也是由此而来。西峰则是陆游词中的莲花峰，在翠云宫边上有一个巨石，从中间裂开，如被斧劈，名为"斧劈山"，旁边还竖立着一把大斧头，相传就是《宝莲灯》沉香救母的地方。莲花峰的西北面，有一处"舍身崖"，直立如刀削，空绝万丈高。

北峰为云台峰，上有许多景观，如真武殿、焦公石室、长春石室等石牌坊，且处处都有神话传说，犹如神迹。三面绝壁，只有一条山岭可以通向那面，是易守难攻的地形。南峰为华山最高峰，也是五岳最高峰，由一峰二顶组成，岩壁陡峭。

陆游很喜欢西岳华山，常用它来表达他对于收复河山的渴望，以及炙热的爱国情感。但《好事近·秋晓上莲峰》却不同以往，是一篇神游之作，以表达想为人民造福的强烈愿望。

秋晓上莲峰，高蹑倚天青壁。谁与放翁为伴？有天坛轻策。

铿然忽变赤龙飞，雷雨四山黑。谈笑做成丰岁，笑禅龛椰果。

"好事近"在张先的《张子野词》中入"仙吕宫"。朱敦儒、李清照、秦观、范成大等词人都曾创作过"好事近"。陆游著有"好事近"十三首，此篇为第十二首。

"好事近"一词，因张辑有"谁谓百年心事，恰钓船横笛"，所以得名"钓船笛"；又因韩淲词有"吟到翠圆枝上"，所以又名"翠圆枝""倚秋千"等。

词中写到，在一个秋高气爽的清晨，陆游登上了莲花峰顶，脚踩在倚天俏丽的青色悬崖壁上，向天发问：谁能与我为伴？

华山莲花峰是华山的西峰，也是景色最秀美、山势最陡峭的地方，海拔二千零八十二米，因峰顶翠云宫前有一个巨石，形状十分像一朵莲花，因此得名。徐霞客在《游太华山日记》中有："峰上石耸起，有石片覆其上，如荷花。"李白的诗中也有："石作莲花云作台"，形容在高峰之上如莲花的巨石，有云朵作为它的花台。

古往今来，莲花峰都是人们心之向往的所在，在西峰上极目远眺，可以欣赏到十分壮观的场景。因其海拔较高，站在峰顶可以俯瞰四周群山，参差的山峰在云海的遮掩下忽隐忽现，仿佛置身于仙乡神府。

北宋著名的隐士陈抟在作品《西峰》中写道："为爱西峰好，吟头尽日昂。岩花红作阵，溪水绿成行。几夜碍新月，半山无夕阳。寄言嘉遁客，此处是仙乡。"相传陈抟老祖住在华山，但是他无室无庐，也无锅无灶，有一个县太爷听说陈抟在华山，亲自来登高求见。看到山上空荡荡，只有一块大石头，便提出疑问，陈抟以诗回答："蓬山高处是吾宫，出即凌风跨晓风。台榭不将金锁闭，来时自有白云封。"

传说，《宝莲灯》中沉香劈山救出三圣母的地方就在西峰，许多传奇故事叠加在一起，让华山的这座莲花峰自古便享有盛名。

陆游也十分仰慕这座高峰，希望自己可以攀上耸入云端的山顶，可以亲临仙境般的地方，俯视人间风景，将世人遥不可及的青山崖壁踏在脚下，问世间有几人能与他一同感受这般畅快？

"放翁"是陆游的号，这并不是他本来的号。相传，陆游一生主张抗战，但当时的南宋朝廷并无意收复中原失地。

陆游因此十分沮丧，心中的抱负无法施展、实现。陆游还作《平戎策》，文中提出收复中原必须先取长安。他曾要王炎在汉中积蓄军粮，训练队伍，做好随时征战的准备。

王炎是一个十分干练的大将，陆游十分欣赏他，但不久王炎被朝廷从抗金的前线调走，陆游也被调任成都府路安抚司参议官，这是一个闲职。陆游意识到，收复长安和抗金作战都成了遥不可及的事，理想化为泡影。

失意的陆游整日饮酒作诗，抒发心中郁闷的情感。他的上司范成大是他的故友，两人相交甚密，常常一起把酒言欢，高谈阔论。其他官场上的人看不惯他这个样子，说他不讲理法，思想颓放。陆游听到之后，索性就给自己起了个别号，就叫"放翁"。后来朝廷以"饮酒颓放"为罪名，罢免了他的官职。陆放翁成为一个"无官无职"的闲散之人，他便更加无拘无束起来，并且给好友范成大写了一首诗，范成大也写了一首和诗，对他表示祝贺，从此"放翁"这个号便流传开来，他也喜欢以此自称，更显豪放、奔放之风。

能与陆游一起的，此时只"有天坛轻策"，天坛是指天台山，是我国的佛教名山。天台山奇峰绝壁，寿藤盘结，山上有生长多年的老藤，以这种藤来做手杖，称为万年藤杖。手杖是古人很重要的随身物品，颇有讲究，天台山的红藤杖属于上层名品，陆游想象手中紧握着很轻的万年藤杖，脚下生风。

正是这红藤手杖，忽然间一声巨响后，变成一条红色的巨龙，向空中腾然而起，雷声大作，瞬间周围的山峰黑成一片。陆游没有害怕，而是微笑面对，他希望这是丰年的征兆，它能带来雨水，让河田中的秧苗茁壮成长，可以有个好收成。百姓衣食无忧，和平安稳，便是幸福快乐的日子。不像禅房里只拖着禅杖念经的人，只顾自己，从不关心别人的生活。

直到词的下片，人们才恍然大悟，原来陆游没有真的登上华山的莲花峰，一切都是他的想象，因为手中的红藤杖变成了赤龙，这一定不是现实。

赤龙也是陆游精神的化身，龙是古代神兽，象征着祥瑞，可以为人们带来吉兆。陆游希望自己能够成为一条腾空而起的龙，可以为人间的百姓降下甘霖，为百姓带来幸福安乐的生活。

在莲花峰这样一个富有神话色彩的"圣地"，神杖化为龙更说得通，这个典故来自《后汉书·费长房传》。相传东汉时期有个叫费长房的人，一日他在酒楼饮酒解闷，突然看到街上有一个卖药的老翁，悬挂着一个药葫芦，在街角兜售丸散膏丹。过了一会儿，街上行人渐渐散去，老翁解下葫芦后，悄悄地钻进了葫芦之中，而费长房目睹了这一幕，确信老翁一定是仙人。

后来，他买了酒肉，恭恭敬敬地来拜访老翁，老翁知道他的来意后，带着他一同进入葫芦里。进来后才发现，葫芦里别有洞天，朱栏画栋，富丽堂皇，还有奇花异草，宛如仙山琼阁。他更加确信老翁就是仙人，便随他学习了十余日方术。

临行前，老翁送给他一根竹杖，骑上之后就可以飞天。当他回到家中之后，发现自己已经离开十余年，家中的亲人都以为他死了。从此以后，费长房能医百病，驱瘟疫，还可以令人起死回生，也成为一个如老翁一般的"仙人"。竹杖能飞的典故便被后人熟知。

关于红藤杖或赤藤杖的诗词作品也有许多。陆游词中的红藤杖在莲花峰幻化，成了一条巨大的神龙，也许天降大雨是它对人间的感激。

能够为百姓做些事情，也是陆游内心的想法，他一直以报效国家为己任，立志为苍生而努力，让普天之下的人都可以过上丰衣足食的生活。也许仕途上他经历了坎坷，但一心为国的忠心从未改变。

"笑禅龛榔栗"是笑所有逃避现实的人，"榔栗"是手杖、禅杖的代称。唐人贾岛的《送空公往金州》中有："七百里山水，手中榔栗粗。"同样都是手中握着一根竹杖，陆游在为百姓和国家着想，而其他人则只关心自己，如此国家怎么会强盛！想到如自己一般的爱国人士毕竟是少数，更多人都是躲在小世界中的"苟且"者，陆游只是一笑面对。

陆游的诗词有着强烈的浪漫主义色彩，词风雄壮豪迈，有气吞山河之势，超脱了现实的束缚，可以跨越时空，跨越距离，甚至跨越生死，他可以直接与神仙对话，也可以与清风共舞，甚至还可骑着银蟾，飞向了天上的月宫。

陆游的思想是天马行空的，所以他的词作也散发着独特的光彩，在思想闭锁的古代，犹如一道云缝中的阳光，照亮了原本昏暗的大地，还有人心。

太原·山光凝翠，川容如画

　　走遍大江南北，感受不同的风土人情，人们在这个过程中仿佛多了一次生命，可以去领略另一种生活的魅力。人们钟情于旅行，是因为在旅途可以开启生命新的大门，生命不再是眼前单一的颜色，门外是姹紫嫣红的新世界。

　　每个城市都有完全不同的风土人情，这是这个城市千百年来形成的，当地的人们追寻着先辈的足迹，继续行走在历史的道路上。每到一个新的地方，就如打开一幅新的画卷，里面是前所未见的风景，有不同于其他任何地方的独特神韵。

　　即使生活再繁忙，也要抽出一些时间，翻开一本诗词，读两首前人留下的佳作，在词句婉转中与词人同游江山，感受以独属于他们的角度观察的世界，那是一封有着浓厚底蕴的书信，跨越千年，跨越万里，来到你的手中，希望能有后人感受到他们那时的所思所感所看。

　　《望海潮·上太原知府王君贶尚书》是北宋词人沈唐的作品。沈唐的资料并不多，他字公述，是著名词人，《花庵词选》中收录了他几首词作，著有《霜叶飞·霜林凋晚》《念奴娇·杏花过雨》《望南云慢·木芙蓉》《南乡子·朝观俯尧阶》等。

词中是关于太原的描写，开篇的几句成为后来太原最为经典的文学词作，太原是中原的北大门，是古代兵家的必争之地，留存有许多历史遗迹。词人通过景色描写，回想过往，慨叹当下。

> 山光凝翠，川容如画，名都自古并州。箫鼓沸天，弓刀似水，连营十万貔貅。金骑走长楸。少年人一一，锦带吴钩。路入榆关，雁飞汾水正宜秋。
>
> 追思昔日风流。有儒将醉吟，才子狂游。松偃旧亭，城高故国，空余舞榭歌楼。方面倚贤侯。便恐为霖雨，归去难留。好向西溪，恣携弦管宴兰舟。

词中的王君贶，是北宋的一位官员，也是著名的词人，名为王拱臣，曾出知郑州，积官至吏部尚书。当时任太原知府。

并州，是古九州之一。根据《周礼》《汉书·地理志上》记载，在禹治理洪水时，划分域内为九州，并州是其中之一。在三国魏黄初元年（220）复置，领太原、上党、建兴、西河、雁门、乐平、新兴等七郡，仍治晋阳。西晋时期，仍然沿用之前的叫法，建兴年间后沦没。

隋唐时期以后的一段时间，并州依然存在，但是其地屡有缩小。到宋太宗太平兴国四年（979）置并州于榆次，五月更名新并州，七年（982）移治唐明镇。到仁宗嘉祐四年（1059）时，并州的名字废除，改名为太原府。

这首词的开篇便提到，太原自古以来就是并州之地，这里山清水秀，翠绿苍苍，山川的景色壮美得犹如一幅画。锣鼓喧天奏响，刀剑光影晃动，十万将士如貔貅一般勇猛善战，连成一片。

貔貅是中国古书记载的一种凶猛的瑞兽，与民间的神话传说相关，因为传说中貔貅是有嘴无肛的，能吞天下万物而不泄，人们认为它的只进不出寓意招财进宝，能够吸纳四方之财，还能驱走邪气，带来好运，所以从古至今被视为招财神兽，从帝王到百姓都喜欢佩戴貔貅饰品，希望带来好运和财富。

但在古代，貔貅还因为其凶猛，被作为夸赞将士勇猛的词。南宋女词人徐君宝妻有词《满庭芳·汉上繁华》："一旦刀兵齐举，百万貔貅。"陆游的《水调歌头·多景楼》中也有："千里曜戈甲，万灶宿貔貅。"

金兵走在大路之上，每个年轻的将士都是一样的装扮，身着华丽的锦衣，佩带着名贵的宝剑。在进入榆关之后，正赶上汾水一带大雁南飞的季节。

"长楸"是指高大的楸树，在古代经常被栽种在道路的两旁，所以长楸也被用来指道路。李商隐《访人不遇留别馆》中有："卿卿不惜锁窗春，去作长楸走马身。"苏轼《韦偃牧马图》诗："至今霜蹄踏长楸，圉人困卧沙垄头。"

回忆起往日潇洒风流的生活，文官儒将们整日醉酒吟诗，才子们疯狂游玩，好不快活。昔日的凉亭如今已被松树的枝干遮掩，城墙高耸的故国如今也被敌人侵占，只留下空空的楼阁，那里曾是歌舞升平的地方。

倚靠有德位者是可以的。就是怕会一直下雨，回去也难以留下。向西边溪水方向去是个好选择，那边可以随便携带管弦乐器，也可以在兰州之上饮酒歌唱，自由潇洒。

　　这首词描绘了太原的自然风光，也记录了作者看到的金兵、旧城的景象，词人不禁怀念起曾经的儒将才子，回忆起曾经的故国生活。

　　如果将《望海潮·上太原知府王君贶尚书》与柳永的《望海潮》对比，便会发现他们的词风十分相似，柳永写的是杭州，沈唐写的是并州太原，虽然城市风光各异，但神韵却十分相似，所以沈唐归属柳永的词派。

　　太原古往今来吸引了许多文人雅士的到来，大唐开元年间，诗人李白自东都洛阳来到太原，居住了几个月，留下了许多经典诗作。其中《秋日于太原南栅饯阳曲王赞公贾少公石艾尹少公应举赴上都序》形容太原道："天王三京，北都居一。其风俗远，盖陶唐氏之人欤？襟四塞之要冲，控五原之都邑。雄藩剧镇，非贤莫居。"

　　沈唐先写的山，眼前的山与湖相对，都呈现如翡翠般的翠绿色，如此模样好似一幅美妙绝伦的风景画，让人沉醉其中。

　　本是一派祥和的田园景色，却被士兵演练的场景打破，沈唐望见远远的演练场内，战鼓连成一片，可见当前局势紧张，士兵都在紧锣密鼓地演练，随时准备发动战争。

　　士兵们挥舞着刀剑，如行云流水一般，他们驻扎的营地绵延开来，一片接着一片，犹如十万只猛兽守在那里。天下的百姓没有人喜欢战火连天的生活，如此美丽的景色，却被战争的硝烟所打扰，词人心中五味杂陈，不知百姓到何时才能过上安定祥和的生活。

过了边关，看到汾水河上，有成群南飞的大雁，已经到了秋天。本是收获的季节，百姓最喜欢的时光，心情却因为战争而蒙上了一层灰色，曾经喧哗热闹的楼阁，如今空空如也，城池也变得破旧不堪，儒将饮酒作诗，才子游玩疯狂的日子一去不复返，风流的岁月已经成为往事，不知这座城何时才能恢复生机。

虽然《望海潮·上太原知府王君贶尚书》没有大篇幅地描写景色，只是淡淡地勾勒了山川与湖泊，但却将人们的思想带回那个遥远的时空。"曾经沧海难为水"，岁月蹉跎之间一切都发生了变化。

时代变迁，无论兴衰，在漫长的历史中都只是短暂的，如今再看太原，已经不再有战争的硝烟，虽然破旧的城池还依稀可辨，但人们却早已告别了灰暗的生活。也许，这正是诗词的魅力，它记录了一个时代的一个瞬间，即使千百年过去，几代人在这里生活、忙碌，奔波，当停下来时，再读这首词，依然能够感受到曾经的太原是什么模样，然后静静合上书，微笑着继续自己的生活。

诗词是历史的记录者，它们不会因为时光的流逝而陨灭，只会随着时间越来越久远，散发更浓郁的属于文学的阵阵幽香，它是一代人的记忆，也是后人缅怀过往的时光之门。

大同·榕叶梓榔驿枕溪

　　家乡，是每个人心中最柔软的所在，乡音是最动听的声音，家人的笑颜是最温暖的慰藉，没有人喜欢漂泊的生活，那是灵魂的流浪，是无依无靠的彷徨。异乡的游子，有着一颗敏感的心，当看到八月十五的月亮，就会想念家中久久未见的亲人；月入隆冬时节，就会想到即将要到的团圆的新年。

　　所以，思乡的人总是伤感的，犹如久久没有见过阳光的秧苗，失去了心中最强大的力量。思乡是古往今来从未淡去的话题，无论是古人远走要塞，还是今人跨过五湖四海，心中总有牵挂，也有最凄美的哀伤。

　　《浣溪沙·书大同驿壁》是张元幹在远走他乡时所作，途经大同驿站时，题写于驿站之壁。其中饱含了他对家乡的思念，还有对现实的无奈，看似平淡无奇的白描，内部却有骇浪惊涛似的感情。

　　　榕叶梓榔驿枕溪，海风吹断瘴云低，薄寒初觉到
　　征衣。
　　　岁晚可堪归梦远，愁深偏恨得书稀，荒庭日脚又
　　垂西。

客居驿站，躺在异乡床上，枕边仿佛传来溪水潺潺的声音，屋外风吹动了榕树和椰子树的叶子，传来沙沙声，让人感到十分陌生。飓风吹来，似乎要将房屋吹断，吹散的瘴气沉了下来，让人难以呼吸。突然有些微微发寒的感觉，这才发觉已经到了需要准备征衣的时节。

时光易逝，竟然就到了年终岁尾的时候，一年的时间匆匆而去，其他人都应该在这时踏上回乡的旅途，但"我"什么时候才能回去？这就像一场梦一样，遥远不可及。思乡之愁让人辗转反侧，难以入眠，深如大海的愁绪无法排解，家中的书信也寥寥无几。这偏远荒凉的古屋，被透过云彩的日光照射着，太阳又西垂，日已黄昏，一天也要结束了。

《浣溪沙》是唐代教坊曲名，大多数宋词的词牌名都出自唐代教坊。在我国古代音乐历史上，唐代教坊是十分重要的组成部分，属于当时的宫廷音乐机构。它经历了盛唐时期的繁荣，也经历了晚唐时期的萧条，成为研究唐代音乐的重要线索、资料。

浣溪沙因西施浣纱于若耶溪得名，若耶溪便是今日的绍兴平水江，后经过演变，成为经典的词牌名之一，又名"浣溪纱""小庭花"。最早采用此调的人是唐人韩偓。后人多用其表达婉约、豪放的情感。浣溪沙有很多经典代表作，包括晏殊的《浣溪沙·一曲新词酒一杯》、苏轼的《浣溪沙·照日深红暖见鱼》、秦观的《浣溪沙·漠漠轻寒上小楼》、辛弃疾的《浣溪沙·常山道中即事》等。

张元幹，字仲宗，号芦川居人、真隐山人，晚年自称芦川老隐。曾任太学上舍生、陈留县丞。后经历金兵围汴，秦桧当国，入李刚麾下，英勇抗金，主张死守。张元幹曾于绍兴十二年（1142）赋《贺新郎》词赠予胡铨，没想因此遭受秦桧迫害。

因胡铨于绍兴八年（1138）谏议和，被贬至福州，后又移新州编管，张元幹作《贺新郎》为胡铨壮行，词中表现出激愤，忠义之气溢于字里行间，却因这首词被捕入狱，并被削职为平民。从此之后，走遍江浙一带，最终客死他乡。

因为生活在南北宋相交的特殊时期，张元幹可称为一位承前启后的重要词人，他集成了以苏轼为首的豪放派词风，善将词的内容与现实局势结合而论，开拓了词的新境界，开创了南宋词人的创作之路，他的作品和风格对后来的辛弃疾词派有非常大的影响，是宋代著名的爱国词人。

《四库全书总目》中评价张元幹："其词慷慨悲凉，数百年后，尚想其抑塞磊落之气。"他的词风与时代变迁一起改变，早年的词作，风格清新，雅致；南渡之后则更多豪放之风，无法掩饰的悲壮凌然。

《浣溪沙·书大同驿壁》表面是在抒发羁旅之愁，深层则是表达了失意之人复杂的内心活动。对于时代的忧患，让他的作品有了新的生命，夹杂了深沉的末世之风。即使仕途不顺，但他的爱国情怀从未更改，不安于苟安，时时燃烧着灼热的情感。

词人的家乡是芦川永福，即如今的福建永泰嵩口镇月洲村人。一路辗转，可谓颠沛流离，躺在异乡的床榻上，看着周围陌生的一切，心中不免涌起万缕思绪。如果是一场游玩之旅，那不同的风光一定能让人心情愉悦，豁然开朗，但他的旅途却不是那么美好。

他无法将自己投入到这陌生的异地风情中，大风、瘴气似乎成为他悲伤的原因。内心的酸楚是一首无声的悲歌，因为仕途的不顺，他不得不流浪般去往各地，这趟旅途不知何时才能结束。正是因为终点的遥遥无期，让词人似乎忘记了时间，突然的凉意让他意识到，又到了一年的结尾，时光在不经意中流逝。

整首词都沉浸在羁旅之愁中，身居异乡，又逢岁末，心中压抑许久的情感都融入了字句之中。天气渐寒，又到了准备"征衣"的时候。征衣在古代指将士打仗时穿着的衣服，也指为离家远行人准备的衣服。

"岁晚"是指一年的结尾时间，即将要过年。中国人对于"年"十分重视，它作为一段生活的总结，被人们当阶段性的目标，无论身在何方，都希望能与家人在过年时团聚，诉说一下一年间的工作、生活，或者如意，或者沮丧，都能在短短的几天内化解，之后便是新的开始，如此周而复始，年成了生活这个圆圈的起点，也是终点。

可是张元幹却无法回到这个终点，他还要继续漂泊，继续这段未知的旅途，他多想回到家乡，回到曾经的官场职位，可以回到过去的生活，但这一切只是一场梦，无法实现的梦。

此时的他，无法同家人一同吃饭，也无法与友人饮酒作诗，更无法感受家庭带来的踏实之感。只有他一个人在这偏远的驿站中，听着呼啸的风声，思念远方的亲人和朋友。

如果说，有什么可以缓解这份流浪漂泊的忧愁，那一定是家中寄来的书信，所谓"家书抵万金"，只身在外的人最渴望得知家中的情形、亲人的近况，还可以感受到最为珍贵的亲情，无论信中几句问候，还是几句嘱托，都可以成为慰藉心灵的良药。

但张元幹却没有得到这份珍贵的"安慰"，不知是家中的亲人忘记了身在异乡的自己，还是信件寄出却无法到达自己的手中，也许是辗转了太多地方，信被弄丢了，他如此渴望的东西却无法得到，这种失落不言而喻。

书信的稀少，似乎断了支撑他的力量，他变得如此脆弱、敏感，心中的愁变成了恨。可他又能恨谁呢？

因为孤身一人，他甚至无人可以倾诉，唯有诗词可以暂慰灵魂，他将心中的一切情感变成了这首词，题写在了大同驿站的墙壁之上，抬眼望去，荒落的驿站有几分萧条，已经是日落时分，阳光透过天上云层的缝隙照射下来，在庭院上投出斑驳的痕迹。

词人用"日脚"来形容透云而下的日光，范成大曾在《眼儿媚》中写道："酣酣日脚紫烟浮，妍暖破轻裘。"形容暖融融的阳光穿过飘浮的紫云落在地上，景色美、天气暖，可以敞开轻薄的皮衣。而张元幹的"日脚"却没有了这般明媚，只照到了寡淡的驿站，没有暖意，只有微寒。

日近黄昏，人也似乎没有了力气，一天就要结束，明天又是新的一天，不过对他而言，明天与今天并无差别，是没有希望的周而复始，时光似乎没有了任何含义，只是在静静流淌，带走人的生命。

他是如此虚弱，这种虚弱不是来自身体，而是来自灵魂，过着没有希望的生活，让他迷失在一个迷宫之中，他曾经熊熊燃烧的心火，遭遇了现实的暴雨，他不知还可以坚持多久，在这孤单的异乡驿站，看着墙上苍劲有力的笔迹，他的心不知该去往何处。

这里只是张元幹的一个短暂的落脚之处，他的后半生都是在漂泊中度过的，最后客死异乡。这是一个词人的悲哀，一个爱国志士的悲哀，他的才华只能在偏远的驿站与苍天分享，然后陷入久久的、无边无际的沉默。

第九章

湘粤情怀

岳阳楼·人间好处，何处更似此楼头？

　　走过许多地方，会发现原来每个城市都有属于它的故事。这个故事不一定惊心动魄，但一定是与众不同的，那是独属于这里的气味，融入它的每一寸土地，不会因时间久远而消失，也不会因斗转星移而改变。

　　除了那些属于城市的历史，每个人也会有属于自己的记忆，在一个远离家乡的地方，遇到的人，看到的事，喝过的茶，闻过的花，都是别人无法了解的曾经，若干年后，翻看照片或是日记，思绪就会回到旧时光，一次次重温那份美好。

　　古人没有相机，不能用简单快捷的图片记录下一段旅途，所以他们会写诗词，将情感化成文字，犹如旅行日记般，记录景观、记录心情。《水调歌头·过岳阳楼作》就是张孝祥途经岳阳楼所作的一首词。

　　　　湖海倦游客，江汉有归舟。西风千里，送我今夜
　　　岳阳楼。日落君山云气，春到沅湘草木，远思渺难收。
　　　徒倚栏杆久，缺月挂帘钩。
　　　　雄三楚，吞七泽，隘九州。人间好处，何处更似

此楼头？欲吊沉累无所，但有渔儿樵子，哀此写离忧。

回首叫虞舜，杜若满芳洲。

　　词人早已经厌倦了在江河湖海上漂荡的日子，这么多年过去了，他还是一个游客而已，如今踏上归途，即将结束这种生活。乘坐的小舟顺着汉水、长江而下，这是归乡的方向。西风吹了千里远，一路上吹着小舟前行，在夜色到来时，来到了岳阳楼。

　　太阳落到了山的那一边，君山被渐渐浓厚的雾气笼罩。春风吹来，将沉睡了整个冬天的沅湘流域的草木唤醒，如此惬意的场景，不禁让人思绪渐行渐远，不忍收回。依靠着栏杆看了很久，一直到弯弯的月亮升上夜空，弯月犹如挂帘子的弯钩一般，夜渐渐深了。

　　站在岳阳楼上可以俯瞰洞庭湖，眼前的景色可以是三楚之雄，气势浩瀚可以吞下七大泽，整个国土相比之下都小了起来。放眼天下，哪还有比岳阳楼更好的景观呢？

　　就在这时，怀念起楚国的伟大诗人屈原，想要找一个合适的地方悼念他，却寻找不到。这时，恰巧有渔人和樵夫在这里悼念，感怀他曾经创作了那么伟大的《离骚》，想到屈原所经历的遭遇，再联想到自己刚刚结束的十几年宦海生涯，心中有些酸楚。

　　不禁呼唤"虞舜"帝王，怀念北宋时期的繁荣、昌盛，如今回首望去，只能看到长满了杜若的芳洲罢了。

　　张孝祥，字安国，别号于湖居士，是南宋的著名词人，同时也是一位出色的书法家。他在高宗绍兴二十四年

（1154）及第，授承事郎，开启为官生涯，但由于为岳飞辩冤，为权相秦桧所忌惮，诬陷张孝祥父亲谋反，将其父下狱。

次年，秦桧死，张孝祥继续为官之路，出任过多地的地方官，颇有政绩。他一生著有《于湖居士文集》四十卷、《于湖词》一卷，其词风豪放爽朗，风格与苏轼有几分相近，《全宋词》中收录其二百二十三首词作。他本人也十分欣赏苏轼，每作出一篇诗词，必问门人："比东坡如何？"

张孝祥一生中到过岳阳楼很多次。据推算，此词作于孝宗乾道五年（1169）。张孝祥知荆南、荆湖北路安抚使，在这一年的三月，他请辞侍亲，回乡归隐，获得批准后，从荆州（今湖北江陵）出发，乘舟沿江东去，决意终结仕途，于途中作此词。

在官场的十余年期间，张孝祥经历了多次大起大落，但终究理想难圆，他请辞回乡时，内心充满了失望。但当他看到沿途的风景时，内心豁然开朗，似乎获得了新的自由，创作了多首作品。

这次路过岳阳楼，并非游玩，只是归途的一段"小插曲"，之前来岳阳楼，或是游玩，或是有公事在身，而这一次经过此地，却有着不同的感受。

从开篇几句，便可窥知一二。作为一个游子，张孝祥长久以来漂荡江河之上，辗转多地任职，频繁调换，曾经还在畅想什么时候才能结束这种生活？如今一切都实现，他的小舟正在沿着江水前行。连风都在帮助他，可能是上天眷顾，风一直送着小舟前行，犹如上天在轻轻推动，一直将他送到了岳阳楼。"如释重负"之感油然而生。

"日落君山云气"中的"君山"是洞庭湖中的一个小岛，古称"洞庭山"，相传这座山"浮于水上，其下有金堂数百间，玉女居之，四时闻金石丝竹之声，彻于山顶"，后因舜帝的两个妃子娥皇、女英葬于此地，屈原曾在《九歌》中称他们为湘君、湘夫人，所以后人称其为"君山"，它与岳阳楼遥遥相对。

看着眼前的洞庭湖和君山，张孝祥任由自己的思绪飘向远方，犹如一匹骏马，驰骋在自由的草原，他久久地靠在栏杆上，如今他没有政事需要处理，可以尽情沉醉在山水之中，所以他并不急着离开，安静地伫立在淡淡的月光中，直到月亮升到了半空中。

"三楚"是指西楚、东楚、南楚，也就是如今的长江中游湖南一代，面前的洞庭湖，景色壮美，张孝祥认为可以在三楚境内称雄称霸。

"七泽"的典故来自古代的楚地，相传楚地内有七个大湖，词人认为洞庭湖有吞掉楚地七个大湖的气魄。

"九州"则是指中华大地，杜甫名篇《登岳阳楼》中有"乾坤日夜浮"，整个天地都在洞庭湖中浮动，如此浩瀚，让整个大地都显得狭小起来。

张孝祥对洞庭湖的情结不只于此，他的另一首代表作《念奴娇·过洞庭》，借洞庭月夜抒发自己高洁忠贞的情怀。当时的他因受政敌迫害而免职，路经洞庭，触景生情而作。

曾经的仕途坎坷已经过去，如今"自由身"的他，此次洞庭湖之行心胸开阔，再看胜景，越发觉得气势更加磅礴。张孝祥给予岳阳楼极高的肯定，人世间的风景万千，没有什么地方能比得上从岳阳楼头望出去的景色。

作为一位爱国文人，张孝祥深受许多前辈的影响，他曾极力劝告统治者应该巩固边防线，防患于未然，但却遭到排挤和贬职，在这种情况下他创作出的许多作品，风格都与屈原的人格精神、作品特色相似，他视屈原为榜样，欣赏他的赤诚忠心，也同情他后来的悲惨遭遇。在受到楚王和朝廷奸臣的迫害后，屈原选择自沉在汨罗江中。

作为楚国的爱国诗人，屈原的抱负和才能深受后人敬重，张孝祥曾在多首词中悼念屈原，如《水调歌头·泛湘江》中："濯足夜滩急，晞发北风凉。"其中的"濯足""晞发"都是引自《楚辞·渔父》。

在岳阳楼头，张孝祥面对滔滔的洞庭湖，再一次想到了屈原。他与屈原相比是幸运还是悲惨？屈原最后因"沉累"而选择死亡，张孝祥选择请辞归乡，这难道就是忠臣的下场吗？

他想在这个时刻悼念下屈原，将自己的遭遇说给先辈，倾诉一下心事，但四下寻找，却找不到合适的地方。正当张孝祥发愁的时候，他发现了有人已经在凭吊屈原，那人不是达官贵人，而是最普通、最平凡的渔民和樵夫，当权阶级看不到忠臣的可贵之处，但百姓却深深知道屈原的《离骚》中忧国忧民的思想。

为官者，虽一心为民，却也需要得到君王的肯定，如果一直受到打压和排挤，有谁会不心寒、不气馁呢？张孝祥心中积累了太多无法排解的情绪，无法直言，只能借屈原的故事抒发情感。

"回首叫虞舜"，"虞舜"中，"虞"是远古部落名称，"舜"为其领袖。与唐人杜甫《同诸公登慈恩寺塔》中"回首叫虞舜，苍梧云正愁"相近，杜甫是用"虞舜"代指唐太宗，用来表达对太宗政治清明时代的深切怀念。

张孝祥借用杜甫诗中的典故，也是表达对北宋时代兴盛繁华的怀念，自南宋开始朝廷便饱受诟病，曾经的国泰民安都已经烟消云散，回首望去，只留下了长满杜若这种香草的土地。

此处杜若也与悼念屈原想呼应，因屈原生前十分喜爱这种植物，曾在《楚辞·九歌·山鬼》中写道："山中人兮芳杜若，饮石泉兮荫松柏。"文中将自己比喻成如杜若一般芳香高洁的人。

归途中，过岳阳楼，张孝祥登高临湖，创作了这首《水调歌头·过岳阳楼作》，言辞悲切，吊古怀今，想到古往今来的兴衰之事，又想到如他一般的忠臣屈原，复杂的情绪喷涌而出，化作一首宋词佳作，留给后人评说。

因为北宋人范仲淹的名作《岳阳楼记》中"先天下之忧而忧，后天下之乐而乐"，岳阳楼成为中华大地家喻户晓的地方。岳阳楼洞庭湖风景区位于岳阳市，主要包含岳阳楼、君山、南湖、芭蕉湖、汨罗江、铁山水库、福寿山、黄盖湖等九个景区，这里包含了太多山水画意，也凝聚了几千年的文化传奇。洞庭湖有许多很美的古称，云梦、九江和重湖都曾经是它的名字，它横卧在长江中游，跨诸多地方。

下瞰洞庭，前望君山，自古便有"洞庭天下水，岳阳天下楼"的美誉。岳阳楼顶形式独特，采用的是古代将军头盔式的顶式结构，在我国古代建筑史上是独一无二的。三大名楼中，它是唯一保持了原貌的汉族古建筑，精巧雄伟，展现了古代汉族劳动人民的智慧。

岳阳楼共三层，登高凭栏，面对八百里洞庭湖水，脑海中自然会想起许多经典佳句。放眼望去，一望无垠的洞庭湖上，波光点点，气象万千。

君山位于洞庭湖中，有大小七十二峰，因湘君、湘夫人的故事而闻名，上有诸多古迹，有舜帝二妃之墓、秦始皇封山印等，汨罗江畔还有屈子祠、杜甫墓等，名胜古迹数不胜数。

风景区由许多著名景观组成，更是由中华文明史组成，这里诞生过太多传说和故事，有过太多的历史积累，在上天恩赐的山水画卷中，重温这些存在于文字中的人和事，会留下人生中不可多得的体验。

长沙·九嶷云杳断魂啼

　　爱情，是一道解不开的题，从古至今，始终萦绕在多情人的心头。相守时，浓情蜜意，海誓山盟，只想执子之手、与子偕老。分别时，肝肠寸断，痛不欲生，无奈世事无常，能够白头偕老的能有几人！

　　人说，情伤是文学的灵药，可以酿出一首首悲情的经典，文人手中的笔可以打开心门，所以伤情诗词最容易打动人。相爱不能相守的痛苦，只有经历过的人才能懂，人说"伤心的人别听情歌"，伤心的人却应该读诗词，在前人的故事中找寻自己的影子。一首读罢，默默合上书，继续生活的路。

　　才子总是多情的，所以冠以"风流"之名，文人的情感十分细腻，他们善于用言语表达别人"不可言说"的情感。浪漫的词人喜欢借物抒情，虽然并不直言伤心之词，但却处处可见真情实感。

　　　人绕湘皋月坠时。斜横花树小，浸愁漪。一春幽
　　事有谁知？东风冷，香远茜裙归。

　　　鸥去昔游非。遥怜花可可，梦依依。九嶷云杳断

魂啼。相思血，都沁绿筠枝。

　　这首《小重山令·赋潭州红梅》是姜夔在孝宗淳熙十三年（1186）创作的，当时他客居长沙，看到湘江水岸的红梅，睹物思人，有感而发之作。点点红梅，成为一段情感的见证，从此以后，无论何时再见此花，便是一场无声的思念。如今长沙依然有许多赏梅的好去处。

　　"小重山令"即"小重山"，又名"小冲山""柳色新"。唐代的人们习惯用它来描写"宫怨"，《词谱》以薛昭蕴的词为正体。

　　"潭州"为今日的湖南长沙，是隋朝到明朝时期州治或府治的古称。杜甫在《发潭州》中有："夜醉长沙酒，晓行湘江春。"

　　在湘江边，顺着江岸一直走着，竟然没发觉走了很长时间，月亮都快要落下来了。江畔的梅树横斜着生长，小小的花朵在枝头绽放，浸透了忧愁的涟漪。梅花的一春幽幽心事有谁会明白呢？寒冷的东风又吹起，梅花也很快就要花落香消而去。

　　鸥鸟已经离去，曾经的风景早已物是人非。只能远远地怜惜这美丽动人的花朵，还有依依不舍的旧梦。九嶷山上云雾袅袅，娥皇、女英的断魂在远处哭泣。相思的血泪浸透了绿色的竹。

　　姜夔的诗词中，咏物的作品有许多，咏叹的对象以梅花、柳树居多。《暗香·旧时月色》借梅喻人，空灵景致，意境骚雅。《淡黄柳》是姜夔的自度曲，看到街上绿柳夹道，想到金兵入侵的战争，悲愤而作。

　　他之所以钟情于梅花，与他的一段情史有关。姜夔一辈子没做过官，是个潇洒的布衣平民，因才华卓著，名声很大。他平生交友广泛，喜欢各地游走，纵情山水之间。姜夔曾在合肥逗留过很长时间，当时正是战乱期间，时局混乱，人心惶惶。

　　在这种情况下，姜夔结识了桥畔柳下坊间善操琴筝的艺伎——柳氏姐妹，开始了一段热烈的情感。不久，柳氏姐姐因病故去，妹妹与姜夔继续轰轰烈烈的恋情，但后来因为现实的原因，阴阳两隔。这段时间，姜夔为两姐妹创作了近二十首诗词。

　　因与柳氏姐妹分别时正是梅开时节，根据夏承焘先生的考证，姜夔号白石道人，有："白石客合肥，尝屡屡来往……两次离别皆在梅花时候，一为初春，其一疑在冬间。故集中咏梅之词亦如其咏柳，多与此情事有关。"

　　姜夔是个十足的风流才子，所以对这段往事念念不忘，常常睹物思人。潭州的红梅十分著名，当他在这里邂逅了一树树梅花，往事又浮现在脑海中。

　　湘江是长沙最大的江水流域，沿着湘江默默地走着，看着两岸绽放的红色梅花，心事在寂静的夜里沸腾，想到从前的往事，不免心伤，于是便一直走一直走，不知走了多久，抬头一看，发现月亮都已经坠到湘潭的另一边，不由得又是一声叹息。

　　一株株的梅树分散在岸边，显得很娇小，横斜之间，朵朵梅花点缀其中，一个"小"字突出梅花楚楚可怜的姿态，让人顿生怜惜。梅花在月光中倒映在水面，波光闪动，仿佛是浸透了词人的愁绪。心中的思念有谁能知晓？

梅花也有心事，春天到来，到了它该离去的时候，即使再美好的事物，也总有消失的时候，犹如美好的恋情，也在记忆中走到了尽头。午夜的东风吹起，也许是因为走了太久，词人感到了冷意，风在吹奏离别的音律，香气渐渐远去，带走如女子茜裙的花瓣，离开了它依赖的枝头。

将花朵想成女子飘拂的裙摆，可以感到姜夔的浪漫情怀，月光下翩翩起舞的梅花，如记忆中的少女恋人，却不能慰藉他思念的忧伤。

江中惊起的鸥鸟飞起，拍打着翅膀，让词人从回忆的环境中清醒，眼前的一切都不是记忆中的场景，时光荏苒，往事如烟，曾经的你侬我侬，如今只剩下苍凉旧梦。

九嶷山的烟雾无声无息，只听见娥皇、女英悲伤的哭泣声。根据《史记·五帝本纪》记载："舜南巡崩于苍梧之野，葬于江南九嶷。"娥皇和女英两位妃子千里迢迢来到此处，寻觅舜帝的影子，溯潇水而上，沿着大小荆河而下。由于九峰相仿，令人疑惑，终未相见。

娥皇和女英想到往日的夫妻恩爱，如今再不得见，肝肠寸断，眼泪如雨，湿了裙裾，也湿了大地。后来，从眼眶中流出的眼泪，变成了一滴滴鲜红的血，血泪洒在了竹丛上，变成斑泪竹。杜牧有诗云："血染斑斑成锦文，昔年遗恨至今存。分明知是湘妃泪，何忍将身卧泪痕？"

在姜夔看来，这红艳的梅花更像是由血泪染成的，这梅不知道见过了词人流了多少次泪。他对待昔日恋人的感情不输湘妃对舜帝，他的泪也如滴滴鲜血，染红了记忆中的簇簇梅花。

看似咏叹潭州的红梅，实则是对恋人的思念，姜夔将物与情结合在了一起，谱成了一首伤心的绝唱，在午夜的湘江岸上，久久回响。黄升在《中兴以来绝妙词选》中评价："白石道人，中兴诗家名流，词极精妙，不减清真乐府，其间高处，有美成所不能及。"

广州·万顷黄湾口，千仞白云头

人世间，有许多美好的事物可以成诗，有许多美丽的景色可以成画，诗情画意是人类智慧的结晶，是拥有艺术天赋的人提炼、总结的情感精华，所以名诗佳词是历史的瑰宝，也是后人的财富。

在诗歌中学会品味人生，在词句中感受人世浮华，每次翻开《宋词》，都是一场心灵的洗礼，尤其是关于自然风景的游览之作，可以感受词人广阔的胸怀，还可以领略他们的文学风采，进行一次现实与意境的对话。

《水调歌头·题斗南楼和刘朔斋韵》是宋代词人李昂英登家乡斗南楼后，被壮观的景色所震撼而作的。

万顷黄湾口，千仞白云头。一亭收拾，便觉炎海豁清秋。潮候朝昏来去，山色雨晴浓淡，天末送双眸。绝域远烟外，高浪舞连艘。

风景别，胜滕阁，压黄楼。胡床老子，醉挥珠玉落南州。稳驾大鹏八极，叱起仙羊五石，飞佩过丹丘。一笑人间世，机动早惊鸥。

刘朔斋，名震孙，字长卿，蜀人，善大字。曾任礼部侍郎、中书舍人。标题中的"斗南楼"原址在广州府治后城上，始建于宋徽宗建中靖国年间。斗南楼是个观景胜地，可观海山之景。

在交代了这首词的创作起因后，词人开始描绘一幅奇幻、瑰奇的画面。

站在斗南楼高处，极目远眺，看到黄木湾口浩瀚无边，犹如万顷一般，白云山头犹如千仞，景色壮美，十分震撼。所有景色，登上斗南楼便可一览无余。此时的广州十分炎热，犹如置身于火海之中，但眼前的景色豁然开朗，让人感到不再那样炎热，神清气爽，暑气顿无。

潮水随着时间起落，早晚不停歇，山中的景色也随着天气的阴晴在浓妆淡抹中变幻，驻足于斗南楼，天边的美景也都送到眼底。天边的云犹如烟海一样，风卷起了巨浪，无数穿梭的船只在浪涛中与风共舞。

在斗南楼上观看的风景，胜过滕王阁，压过黄楼，与众多名楼相比，有过之而无不及。想晋朝庾亮坐胡床，今日刘朔斋酒醉尽兴，在南国挥毫泼墨，留下美好的文章。

人生如此美妙，如稳稳驾着大鹏鸟在广阔的空间翱翔，唤醒已经化为石头的五只仙羊，在仙境中肆意游荡，带着神玉，自由飞翔。只叹人世间可笑之事，人若有了欲念，便会惊动沙边的鸥鹭。

词人李昂英，字俊明，号文溪，是南宋时期的名臣，家乡就在现今的广州番禺。早年受业崔与之门下，主修《春秋》。他的词作词风瑰丽，流传广泛，被许多人熟知，世称

"词家射雕手"。

读过整首词，便可以了解创作的背景，"和刘朔斋韵"是指用刘朔斋的诗词所用的韵而作诗词。刘朔斋趁酒兴，挥笔创作了佳词，李昴英用此韵作词一首，作为呼应。陆游云："古时有唱有和，有杂拟追和之类，而无和韵者。唐始有用韵，谓同用此韵；后有依韵，然不以次；后有次韵。"

词人运用大量的典故，结合眼前的美景，创作出一首"和韵"之词。上阕是对景色的描写。"黄湾"是今日广州东郊黄埔，韩愈在《南海神庙碑》中有："扶绪之口，黄木之湾。"它位于珠江口，是一个呈沙漏状的深水港湾，在唐宋时期十分著名，因为这一代是广州的外港，是中外商船来往贸易的必经之地，所以经济繁荣，船只来往众多。

"白云"是指广州市的白云山，这里自古便有"羊城第一秀"之称，山地开阔，有三十多座山峰，是广东最高峰九连山的支脉，山体高耸，山峰连绵，远看犹如千刀劈过一般。词人开篇引出广州最为出名的两个景观，是在证明斗南楼观景的优势。站在楼上，可以一饱眼福，将广州的美景一次看尽。

《广东通志》中记载："东瞰扶胥浴日之景，西望灵洲吞纳之雄，南瞻珠海，北依越台。森列万象，四望豁然。"万顷千仞的美景，均被一个小小的斗南楼收纳，可见它的确是观景的胜地，"一亭"对应"万顷""千仞"，强烈的对照感跃然纸上。

广州在中国的南部，常年温度较高，词人形容为"炎海"，唐人杜甫有诗《多病执热奉怀李尚书》："大水森茫炎海接"，宋人王安石《送王蒙州》中有："句传炎海鳄鱼惊"，皆是此意。

在登上斗南楼，看到波澜壮阔的景色后，豁然开朗，热气似乎瞬间散去，人感到一阵清凉，是因为视野开阔，也因为楼高风大，让词人感到如清爽的秋天一般舒适，神清气爽。

面对美景，词人流连忘返，炎热的季节此处又有难得的清爽，难免在此处多逗留一些时间。人说景色如画，实际上自然的景色却远胜于画卷，潮水时时变幻，潮起潮落间便是不同的样子，白云山的景色也有多种模样，晴时雨时，各有风韵，犹如浓妆淡抹的少女，总是让人心旷神怡。

如此壮阔的景色，即使远在天边，也被站在斗南楼的人们收入眼底。这便是登高观景的乐趣，站在平地，人只能看到很局限的范围，越是登高，风景越是广阔，人们在征服高山的同时，收获的是与众不同的美景。词人在斗南楼上，看到万顷烟波之外的海面上，穿梭着异域商船，正在随着风浪起伏。

作为通关口岸的广州，自古便是中外商贸交易的集中之地，海面上自然有不同造型的船，装载着各国的商品，进行着往来运输。这场景在宋词中可谓绝无仅有。

词人对斗南楼可以观赏的风景十分欣赏，认为可以胜过南昌滕王阁与徐州黄楼。两座古楼在宋代十分著名，都是诗人、词人常去之处，王勃的《滕王阁序》名震天下，其中对于景色的描写堪称经典。黄楼则为北宋苏轼所建，苏轼、秦观皆有《黄楼赋》。

"胡床老子"的典故来自《南楼戏谑》中庾亮的一句："因便据胡床，与诸人戏谑。"在武昌时，一日他的属官们在南楼吟诗咏唱，兴致正高时，听到楼梯传来木鞋的声音，猜到是庾亮太尉，大家本想回避，但庾亮说："诸君暂且留步，老夫对这方面也很有兴趣。"于是就坐在胡床上，与大家一起谈笑吟诗，大家十分尽兴。后就常用来指吟咏欢愉的场所或者谈笑吟诗的雅兴。

从斗南楼想到南楼，李昂英跨越了时间和距离的限制，太尉庾亮与属官谈笑风生，后又有刘朔斋酒后微醺，颇有雅兴创作诗词，留下了如"珠玉"般灿烂的文化瑰宝，后人不敢遗忘，时时谨记。

他感觉自己可以稳稳驾驭大鹏鸟，遨游在广阔的八极天地中。大鹏鸟是中国神话传说中体形最大的神鸟，由鲲变化而成。在《庄子·逍遥游》中有："北冥有鱼，其名为鲲。鲲之大，不知其几千里也。化而为鸟，其名为鹏。鹏之背，不知其几千里也。怒而飞，其翼若垂天之云。"

"八极"是指八方极远之地。八方是指东、西、南、北、东南、西南、西北、东北八个方向，古代用来指无穷无尽的天地之间。《庄子·田子方》中有："夫至人者，上窥青天，下潜黄泉，挥斥八极，神气不变。"

词人还要唤醒已经化为石头的五只仙羊，此处是引用了《太平寰宇记》的记载，传说周夷王有五个仙人，分别骑着口衔着六只谷穗的五只仙羊降临楚庭，这个神话传说也是广州本地的传说，"楚庭"为广州的古名，可能也是广州一地最早的名字。仙人将谷穗送给当地人，祝他们可以永无饥荒。之后，仙人便消失隐去，五只仙羊也化为石头，所以广州又称羊城。

《神仙传》中记载，有皇初平者牧羊，随道士入金华山石室中学道。其兄寻来，只见白石，不见有羊。初平对着石头大喝一声："羊起！"白色的石头立刻变成了羊。

李昴英将两个传说结合在了一起，自己则成为口念咒语的神人。佩戴着神玉，便可以飞过仙乡之地。"丹丘"是指仙境，也作"丹邱"，《楚辞·远游》中有："仍羽人于丹丘兮，留不死之旧乡。"王逸曾注："丹丘昼夜常明也。"

面对斗南楼美景，李昴英神游于仙境与现实之间，飘飘然欲仙，甚是快活。但终归人要回归现实，便用"一笑人间世，机动早惊鸥"收尾。

最后的典故来自《鸥鹭忘机》，出自《列子·黄帝》，其中讲述了这样一个寓言："海上之人有好沤鸟者，每旦之海上，从沤鸟游，沤鸟之至伏特加，百住而不止。其父曰：'吾闻沤鸟皆从汝游，汝取来，吾玩之。'明日之海上，沤鸟舞而不下也。"于是有了"鸥鸟忘机"与"沤鸟不下"两个成语。辛弃疾在《水调歌头·和王正之右司吴江观雪见寄》中有："谪仙人，鸥鸟伴，两忘机。"

"忘机"为道家语，意思是忘却了计较、巧诈之心，自甘恬淡，与世无争，放弃欲望。词人用此收尾，表达了自己对生活的态度，如果一生充满了欲望与杂念，则鸥鸟都会惊飞离去，何况周边的亲人、朋友。

词人博古通今，善用民间传说与文学典故，将其为己所用，成就一首精美绝伦的词作，为后人创作了一首充满浪漫主义精神的传奇作品。面对斗南楼外雄奇、瑰丽的景色，词人奇思妙想，也将人们带入一个全新的空间。

后　记

　　宋词在自然，是山巅的薄雾，是溪畔的茜草，是翻涌的海浪波涛，是夜半陪酒的弯月。所以，它是美丽世界的缩影，是藏于世间的珍宝。

　　宋词在情，是久思不得见的痛苦，是相爱不能相守的无奈，是远在异乡的离愁，是报国无望的失落。

　　它是一声叹息，人生不如意者十之八九，许多情感需要宣泄，于是人们将情绪写成诗词，将所有的痛苦、抱怨、无奈、想念都化成一个个文字、一句句诗词。

　　文人善用手中的笔，善用心中的词，把即使是一闪而过的想法，也用这种方式记录，留给日后的自己回忆，留给志同道合的友人品读，留给后世之人揣测、思考。

　　所以，词人眼中的世界与普通人是不同的，一山一水是词，一草一木是词，一花一果也是词，哪怕只是一颗布满花纹的石头，也可以成为一首有灵魂的词，因为它在某一刻，打动了一个人。

　　时间匆匆而逝，留在记忆里的只有某个瞬间，或者某件小事，普通的一生很快过去，只有身边的人可以分享一二，但诗词却记录了词人们的一生，每个阅读的人都可以分享他的故事，品评那段历史，留下一段感悟。

　　静下心来，品读一阕小词，在韵律转换中，与词人感受这个世界，感受他们的人生。